# 麻雀为邻

## MAQUE WEILIN

张国龙 著

重庆出版集团 重庆出版社
果壳文化传播公司

图书在版编目（CIP）数据

麻雀为邻 / 张国龙著. — 重庆：重庆出版社, 2015.12
（2017.4重印）

ISBN 978-7-229-10862-5

Ⅰ.①麻… Ⅱ.①张… Ⅲ.①散文集–中国–当代
Ⅳ.①I267

中国版本图书馆CIP数据核字(2015)第302174号

麻雀为邻
MAQUE WEILING
张国龙 著
丛书策划：郭玉洁
责任编辑：郭玉洁 李云伟
责任校对：杨 婧
封面设计：韩 青

重庆出版集团
重庆出版社 出版

重庆市南岸区南滨路162号1幢 邮政编码：400061 http://www.cqph.com
重庆市国丰印务有限责任公司印刷
重庆出版集团图书发行有限公司发行
E-MAIL:fxchu@cqph.com 邮购电话：023-61520646
全国新华书店经销
开本：710 mm×1 000 mm 1/16 印张：15
2015年12月第1版 2017年4月第2次印刷
ISBN 978-7-229-10862-5
定价：25.00元

如有印装质量问题，请向本集团图书发行有限公司调换：023-61520678

版权所有 侵权必究

# 目 录

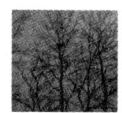

## A卷　语物

麻雀为邻～003
一只麻雀的最后五天～008
陪一只流浪猫坐坐～011
风推倒了院墙～015
两只狗～019

麻雀为邻

### B卷　语童

坏　人 ~ 023
陌生男孩的问候 ~ 027
孩子的问候 ~ 030
散　步 ~ 033
陪一个陌生的小女孩游泳 ~ 040
一句话的救赎 ~ 044
向小学老师致敬 ~ 048
荒草与阳光之间 ~ 051
寄放六岁那年的我 ~ 055

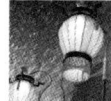

目录

## C卷　语殇

夜半敲门声~ 061
一里路需要走多久？~ 066
我不认识你，但我记得你~ 075
同桌"冤家"~ 079
一盘磁带~ 083
一辈子就听了您一句话~ 088
爸爸，您结婚了吗？~ 093
花季的叹息~ 097

麻雀为邻

## D卷　语芫

开学第一天的小感动~ 105
生活在别人的城市~ 108
十年光阴的重量~ 112
瞬间的蜕变~ 116
雨中的顿悟~ 121
"眼镜"~ 125
六年后仍旧无法释怀的故事~ 128
偶然撞见的故事~ 133
生活远比小说离奇~ 137
黑五月之后的自白~ 142
蔷薇花开，布谷啼鸣时~ 145
不得不说再见~ 149
高原吟~ 154

目 录

S 先生是个好学生 ~ 158
Y 兄，加油！~ 161
R 君的中文情结 ~ 164
"模范男人" H 先生 ~ 167
那年我们同为劣兵 ~ 171
似是"领导" ~ 175
哥或叔 ~ 178
牙疼过后的幸福感觉 ~ 182
没说一句话的一天 ~ 186
行车路上的点滴温热 ~ 189
不常体验的瞬间 ~ 192
老大爷，您找到传说中的厕所了吗？~ 196
元朗，偶遇一个潇洒老头 ~ 199
一个人玩麻将 ~ 202
衰 老 ~ 204
生命在黑夜里绽放 ~ 208
雾岚氤氲 ~ 213
来一串糖葫芦 ~ 216
夜 归 ~ 221
在大风中远走 ~ 226
一只喜鹊飞进了 25 层楼的某窗台（后记）~ 230

凌晨，窗外银装素裹，

北国在雪夜里酣眠。

下意识望了望洞壁，

呢喃和咕哝之声寂然。

突然心生恻隐，

在这暴风雪之夜，

被我毁坏了家园的麻雀们何处栖身？

A卷　语物

凌晨，窗外银装素裹，
北国在雪夜里酣眠。
下意识望了望洞壁，
呢喃和咕哝之声寂然。
突然心生恻隐，
在这暴风雪之夜，
被我毁坏了家园的麻雀们何处栖身？

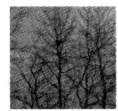

## 麻雀为邻

我家书房的空调洞孔里，住着一家子麻雀。

十年前入住时，因为疏忽，书橱先入房，挡住了空调洞。满满当当的书柜，挪动起来实在困难，索性放弃安装空调，算是"被环保"。这个闲置的空调洞便成了麻雀们的安乐之所，我因而还可称作"被爱鸟"人士。

麻雀们初来乍到时，一点儿也不生分。清晨，正午，黄昏，它们呼朋引伴，叽叽喳喳，喧闹异常，似热烈庆祝乔迁新居。即或夜深人静，尤能听见它们簇拥呢喃咕哝之声，委实喧宾夺主。

那时候我参加工作不久，积蓄微薄。公司动荡，薪水不高。按揭买房，可谓债台高筑。囊中羞涩，无奈跻身"月光族"之列。

# 麻雀为邻

月供，若悬于头顶之尚方宝剑，入住新居的欣喜荡然无存。我时常忧心如焚，时常迁怒于麻雀们肆无忌惮的狂欢。尤其是当我好不容易安静下来读书、写作，麻雀们时不时旁若无人扑腾、喋喋、聒噪，令我心猿意马，几近抓狂。

于是，我费尽机巧，驱逐这群不速之客。

我自诩为读书人，自然想起了"先礼后兵"的古训。每当不堪麻雀们的狂欢之扰，我先是敲墙警示。麻雀们知趣闭嘴，书房快速归于安静。岂知我刚刚翻书提笔，麻雀们的嚣声又起。我只好愤然离座，以镇纸击打墙壁，麻雀们扑腾着惊惊慌慌飞离巢穴。以为它们受到惊吓，一时半会儿不敢回来，我遂带着胜利者的惬意安坐。半小时之后，一只麻雀鬼鬼祟祟返回巢穴，估计是侦察兵。约莫过了三分钟，它可能确信没有危险了，便扯开五音不全的嗓子呼唤。已经沉浸入书中的我，暂时可以容忍一只麻雀零星的哓哓，便置之不理，颇有气度。不料我的沉默和忍让换来的却是麻雀们的得寸进尺，没多久，麻雀联欢盛宴又开始了。我怒不可遏，用镇纸猛敲墙壁，猛拍书橱门，并辅以歇斯底里的吼叫，形若狩猎的先民。

"入鲍鱼之肆，久而不闻其臭。"现在，不管我如何咆哮，麻雀们皆置若罔闻，我行我素。我制造出的任何嚣声，被麻雀们公然照单全收，似欢迎我为它们频频召开的盛大家宴击节助兴。重拳砸进厚厚的棉花堆里，我气结。"生气是用别人的错误来惩罚自己"，还好，我及时醒悟。以我作为"万物之灵长"的智商，无论如何也不至于输给这一群弱智的飞禽吧。允许你们栖身于我借钱购买的"豪宅"之内，不要求你们付一厘房租，你们却没有自知之明，频繁扰民，那就别怪我不仁不义了。我决定对这群不懂礼数的麻雀实施更严厉的打击。

铲草需除根，我必须封闭空调洞，让麻雀们无法侵入我的领地。因为书橱贴紧洞壁，不挪开书橱是不可能从内作业的。从

墙壁外操作,更是天方夜谭。掂量再三,觉得怎么做都会让自己耗费体力,只好咬牙切齿放弃蠢蠢欲动之念。想起蚊子打败狮子的寓言,我的沮丧无以复加。麻雀们似洞悉了我的无计可施,日日笙歌依旧,夜夜欢宴依然。

一日上午,我苦思冥想数日之后突然开窍,写作正酣。不料,麻雀们的家宴突然开张,似故意叨扰。"是可忍,孰不可忍。"我强抑心中熊熊燃烧的怒火,被迫大动干戈。我不动声色,逐一将书下架。忙碌了整整一个上午,终于将空荡荡的书橱移开。此刻,被麻雀们抢夺的"家",完全暴露在我的眼皮之下。这确实是个温暖的家,铺满了柔软的羽毛、枯草、碎布什么的。麻雀们早已闻风丧胆,倾巢而出。我毫不留情,迅速毁坏了它们的家。接下来,我用旧报纸将空调洞堵了个结结实实。然后,我费了半天工夫,将书房归置得整整齐齐。当我心安理得坐在书桌前,报复的快意油然而生,不禁窃笑。

入夜,北风呼啸,雪花嘶嘶。我的书房被暖气熏烤得宛如

麻雀为邻

阳春三月，守着橘黄的灯光，在文字里感受大师们的气息，难得"偷得浮生半夜闲"。凌晨，我关了台灯从书本里抬起头来，窗外银装素裹，北国在雪夜里酣眠，我的心原被洗涤得纤尘不染。工作、学业、生计、前程等琐屑的忧虑全都消散，我返璞归真，获得了瞬间的自在和恬然。下意识望了望洞壁，呢喃和咕哝之声寂然。突然心生恻隐，在这暴风雪之夜，被我毁坏了家园的麻雀们何处栖身？小学时学过的那篇有关寒号鸟不垒窝而没能度过寒冬的悲惨故事，立即在我头脑里浮现。今夜，寄居在我家的麻雀们，是否会冻死在风雪之中？

我愧意顿生。

夜半，我被书房里的窸窸窣窣之声惊醒。我预感到麻雀们回来了，正顶着暴风雪重建家园。我没有开灯，蹑手蹑脚走进书房，贴着墙壁，听见了它们正此起彼伏啄那些被我塞得密密匝匝的报纸。我有打开窗户让它们飞进来栖息的冲动，但想到这些已对我有戒备之心的鸟儿，是不敢接受我的好意的。暗自庆幸，我填塞的不过是报纸，不是水泥混凝土。

那晚，麻雀们是否忙碌了一个通宵我不得而知。

黎明，我下楼亲近茫茫雪原。我家楼下的空地上，洒满了密密麻麻的碎报纸屑。

这些坚毅的鸟儿呀！

当我仰头看见空调洞口有鸟儿们进出的身影，如释重负。

从此，我接纳了这群私闯民宅的麻雀，也接受了它们的聒噪、喋喋和哓哓。麻雀们似乎"吃一堑，长一智"，当我在书房时它们不再放肆喧闹。它们总是在我离开书房时才尽情嬉戏，一旦我返回，它们便"突然闭口立"。渐渐地，我喜欢上了这群通晓人性的麻雀，不再厌烦它们的喧嚣。当我读书、写作疲劳之时，非常渴望能听见它们充满活力的歌声。它们滋味盎然的忙碌，以及见面时彼此掏心掏肺的寒暄，让我感觉到生活依旧美好，每一天

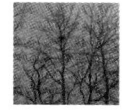

都是全新的一天,每一次季节的轮换都充满了期待和憧憬……

我把麻雀一家当作了小时候寄居在我南方家院堂屋里的那群燕子,麻雀的歌声似乎和燕子的嗓音同样悦耳。

与麻雀为邻,十年一瞬。

去香港一年,我时常想念住在我家书房里的麻雀。

一年后,回到北京,走进久别的书房,听见麻雀们欢腾的歌声,暖意盈心……

麻雀为邻

## 一只麻雀的最后五天

结束了五天的太原讲课,回到北京。

打开家门,一片狼藉,状若遭了窃贼,心里咯噔一声。

放下行李,小心翼翼查看,鸟雀羽毛四处散落,沙发、书桌、床单、窗台……洒落着白色的鸟粪——已经硬结。

我曾在《麻雀为邻》一文中提及,我家书房的空调洞孔里,十年前便住着一家子麻雀。在经历了最初一段时间的人鸟大战之后,麻雀和我睦邻友好,相安无事。只是每年都有麻雀不慎从洞壁掉入室内,四下惊慌扑腾,误打乱撞。唯恐小小蜗居遭殃,我们只好赶紧打开窗户,为其放行。

为了回家时有个好心情,临行前我特地耗费了四个小时,

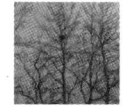

仔仔细细做了卫生。

我不禁怒火中烧，用镇纸猛敲洞壁。不见有麻雀惊慌飞离，似重拳砸在厚厚的棉花堆里了。我咬牙切齿，又产生了摧毁麻雀老巢的狠毒。

"等我从武汉回来，看我不给你们点颜色看看！"我默默发誓。

罪魁祸首一定正躲藏在某一个角落，千万别小瞧了麻雀的智商。我赶紧打开所有的纱窗，乞求它赶快滚出我的居所，滚滚滚，越快越好。

虽然旅途劳顿，精神涣散，但我别无选择开始清扫那些私闯民宅的强盗刎囹遗留的污秽。我真的很想骂粗口，但我不想贻笑大方，只得沉默是金，气鼓鼓地往来穿梭。

如此多的羽毛，如此多的粪便，似乎不是一只麻雀所为。我疑心我刚刚离开，麻雀们就集体乘虚而入，难得开一次盛大的室内派对。简直欺人太甚，当我怎么都无法清除那些污秽痕迹，我发誓这一次说什么也得封闭空调洞了，再不能因"妇人之仁"而后患无穷。

最后清理阳台，我就差没气晕过去。我可怜的花草啊，被鸟粪污染得花颜失色，惨不忍睹。还好，它们还活着，总算熬过了没有我的五天。一边为花草们擦澡，一边又加大了封空调洞的决心。

当我终于清除完了所有的粪便，实在是太困了，一躺下就睡了过去。居然还做了一个梦：我在吃力地封空调洞……

一觉醒来，天已黑。洗衣机替我清洗完远行的衣物，我昏头昏脑在阳台上晾挂。模糊中看见地上有一团黑影，蹲下身，原来是一只麻雀瘦小的尸体——没有生蛆，也没有异味。看来，应该是刚死不久。也许，就是在我回家的几个小时前。

可怜的小东西，如果你不在屋里乱飞乱撞，如果你不把自麻雀为邻

己吓得屁滚尿流,你就能保存一些体力。只要多熬一天,或者半天,或者几个小时,等我回来,你就有救了。阳台上的花盆之间,放着一桶干净的浇花的水。客厅的茶几上放着花生豆、原味葵花子……都是你活命的东东呵。

这些寄居在城市里的麻雀们,竟然还得面对这样的危险?如果我真把空调洞口封了,也许它们反而能找到更好的归宿吧?

明天一大早我要去武汉,我一定不要忘记打开书房的纱窗。

但愿,未来几天,北京不会有狂风暴雨。

# 陪一只流浪猫坐坐

我喜欢动物，但从未养过宠物。概因既无闲钱又无闲暇，外加特别嫌弃动物身上的异味。拜访过几个养宠物的人家，那种人和动物混杂的怪味令我频频干呕。

我所居住的小区各种宠物泛滥，时不时会碰见一些被弃的宠物，形容憔悴，畏畏缩缩，如流落街头的弃儿。某年冬夜，一只被弃的小狗在我家主卧室的窗下哀嚎了一夜。不知是哪家狠心的主人，因何故将其逐出家门，也不知那只小狗是否熬过了那个漫长的冬夜。每当撞见被弃的宠物，我的怜惜之情若灵光一闪，旋即便熟视无睹。

香港浸会大学持续教育学院楼下有一处凉亭，过往行人常

## 麻雀为邻

在此小憩。每逢在办公室被冷气冻得骨头疼，或者敲键盘敲得腰酸背疼，我便下楼去凉亭处活络血液和筋骨，附带体验从北极突然降临赤道的冰火两重天。

在凉亭周遭我遇见了一只流浪猫，它全身赤黑，毛色尚且光亮，但明显已过盛年。

流浪黑猫并不怕人，常常躲在灌木丛中逃避香港毒辣的日头。每天皆有爱心人士定时为其送来吃喝，从慵懒的体态便知黑猫的日子过得似也富足。偶尔有飞鸟偷吃它的嗟来之食，它亦视若不见，一副普济苍生的慷慨之态。

我无法知晓这只流浪猫何故流浪至此，很想知道它是否孤单。在这座繁华的大都市里，它没有同伴，满眼尽是庞然大物及其使用的各种制造噪音的工具。耳闻目睹皆非同类的形影音响，被世界彻底孤立是否令它悲戚？也许它什么都不会想，也许它心满意足于这种衣食无忧的日子。因为它不过是一只猫？

每次来到凉亭，我便自然会想起流浪黑猫。它不在石阶上趴着，我便蹲身于四周灌木丛中寻找。它时常窝藏在灌木深处一动不动，目光警觉，光芒闪动，似静观其变。若我有伤害企图，它随时可逃之夭夭。我避开它的目光，轻柔地坐在它近旁的石栏上。我不打扰它的潜伏，它亦不再理会我的存在。它和我心照不宣达成默契，相安无事。过了一些时候，我再看它，它的眼神已倦怠，身子完全放松，瘫软在浓荫里，仿若死猫。我不禁为它对我解除戒备而感动。信任一个人，或获得他人的信任，都是一种自我放松和满足。

"喵——呜——"我尝试唤它。它立即紧了紧身子，快速恢复了机警，活力瞬间在身躯里复苏，仿若沾染了起死回生的仙气。它的目光与我的眼神相碰，"喵——呜——"我盯着它的眼睛唤它。可能确信我在唤它，它果决地回应了一声"喵——呜——"。不知它有多久没有说过话了？可惜它的眼神和表情不甚丰富，我无

陪一只流浪猫坐坐

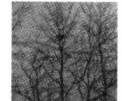

法从中发现更多的情绪变化。

　　"喵——呜——"我柔声呼唤它。它继续回应我"喵——呜——",接连几声,声音一声比一声生动,不似先前那般生硬、胆怯。我向它轻轻招手,它竟然走出了它的荫凉王国,用力拉伸四肢,竖起尾巴,从容不迫走向我,围着我转了两圈,试探我有没有危险。然后,它好似无意蹭了蹭我的腿,旋即自然走开。待我再次唤它,它立即掉转身,竟然趴在我的脚边,安卧下来。我一动不动陪它坐坐,全然忘记了我已被滚滚热浪烘烤得满头大汗。

　　凉亭处过客依依,没有谁令我真正留意过,他们也无须我留意。

　　每一次来到凉亭,我自然会寻找黑猫,呼唤它,然后陪它坐坐。时间长了,它一见我出现在凉亭,便走出它的王国,假装并非有意来见我,从我脚边悠闲走过,胜似闲庭信步。我坐下,它便趴在我脚边。我坐多久,它就趴多久。我离开,它便返回它

陪一只流浪猫坐坐　　013

麻雀为邻

的浓荫王国。这种无言的默契令我心存感激，我不知道它是否需要我陪伴？若不见它踪影，我心下便不自在，亦无心在凉亭久留。顶多停留三五分钟，便急欲返回空调室驱散浑身酷暑。

为何只有独在异乡才真切地体验到一只流浪猫的孤单？才有了每天陪它小坐片刻的静心？

暴风雨之夜，豪雨厉风在窗前彻夜鬼哭狼嚎。我半睡半醒，不知那只流浪黑猫如何能够躲避这狂暴的风雨？不祥之感塞胸。

一大早返回学校，破例在进办公室前去了凉亭，找它。寻了几圈，始终不见它的踪影，心一寸一寸往下沉，沉不见底。正欲离开，它在浓荫里"喵——呜——"，毫毛无损，似比平素干净。

它在暴风雨中沐浴？那是怎样的情境？何人知晓？

这篇短文快结束的时候，我已有两天没见到那只流浪黑猫了。它遭遇了怎样的变故？但愿，它被爱心大使带回了人所居住的家里。但愿。

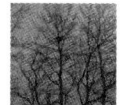

# 风推倒了院墙

在我遥远的乡村记忆里，猫，似独行侠，没有群居习性。

我所居住的小区，各种毛色的流浪猫时常三五成群穿梭在各个暗角里。尤其是在冬季，它们常常簇拥在某一处落满枯叶的墙根下晒太阳。这些曾经备受呵护的宠物，这些与生俱来的独行侠，一旦被主人逐出家门，竟然改变了生活习性？

邻家男孩懋懋，上小学三年级，是个极顽皮极机灵的浑小子。和他在楼下邂逅，他总会神秘地拽着我，去看他所结识的那些流浪猫的家。那是一个僻静的地下通道，竟然生活着十来只猫儿。懋懋给每一只猫都取了名字，每只猫都认识他。他时常向爸爸妈妈要零花钱，为猫儿们买吃的。每次看见他和猫儿们的热乎劲儿，

麻雀为邻

以及他温柔地抚摸猫儿们，我便对他多了一份亲近感。这个大家公认的淘气大王，竟然有如此细腻、温情的一面。

受懋懋的影响，我开始用心关注这些流浪猫。下班或上班时，常常绕道去看望它们。偶尔，也会记得给它们捎带一些食物。我没有想到，这些离开了主人的猫，竟然可以活得如此光鲜，没有流露出丝毫被弃宠物常见的那种落魄光景。

我佩服这群猫儿超强的生存能力。

我的车位紧靠着一堵朝北的院墙。院墙外是一片乏人问津的白杨林，蒿草紧贴着墙壁肆意生长。车位上空高高的白杨树上，住着一窝大块头的喜鹊。院墙的角落里，保留着一棵奇形怪状的柳树。如果铲除了这棵柳树，至少可以多出两个车位。非常感谢我们小区的物业管理者，他们并非像大多数业主所抱怨的那般唯利是图。不想辜负了柳树的幸存，泊车后我时常在树下转悠转悠。喜鹊们总会在头顶叽叽喳喳，似与我这个难得的都市闲人打招呼。尽管喜鹊们每天都会冲着我的车拉屎，但我并不生气。都说喜鹊是吉祥的鸟儿，它的粪便我理所当然是应该容忍的。

北方干旱少雨，秋冬时节泊车一夜，车身便落满了细密的一尘土。一个月前，我发现我的车头上总有各种各样的爪印，似涂鸦。仔细观察，绝对不是喜鹊们的恶作剧，自然就把流浪猫当作了嫌犯。四下查看，始终不见猫的踪影。

秋风过处，白杨和柳叶片片凋零，墙角下的蒿草们日渐显露出枯败的容颜。

白露过后，白杨和柳树洗净铅华，素面朝天。每一棵落下了最后一片叶子的树，都是一幅生动的炭笔画。季节确实是不动声色的大师，她默默地为这酷寒的北方点染了一抹简约的韵致。

院墙下，铺满了一层厚厚的黄叶，金灿灿的明黄，天然的华丽。黄叶们连成一片，模糊了每一个画地为牢的车位界线。我只能小心翼翼拨开黄叶，寻找着属于我的那个车位号码"20"。

　　那夜十点，我驱车进入车场，在幽暗的灯光下摸索半天无果，确实像一个偷车贼。只好唤来守门的大爷，和他一起清扫了落叶。成堆的落叶，堆在墙根下，像一座小山。害怕引起火灾，不敢将它们焚烧。落叶装饰了简陋、冰冷的院墙，多少会为泊车时的我带来一点点儿好心情。

　　某一个周五清晨六点半，我走进车场。哈气成霜，头顶上还残留有半牙月迹。这披星戴月的情景，竟然令我顿生幸福的感觉。毕竟，还有工作，不会再像若干年前那样忧惧"明天的早餐在哪里"。马达声响起的那一瞬间，车前的枯叶里突然窜出了一群猫儿，少说有七八只，着实吓了我一跳。哇！这些翻墙而过的精灵们，它们是什么时候找到了这样一个舒适的家呢？原来它们一直把我的车当作跳板，自由出入于这高高的院墙内外。不知道是不是懋懋熟识的那些猫们搬家了，我得领懋懋来确认。

　　下车仔细查看了车前车下，确信没有任何漏网之猫了，我方才小心翼翼倒车驶离。不免隐隐担心，担心哪一天不小心伤害了这些无家可归的猫儿。还有点儿歉疚，惊扰了猫儿们的酣梦。得向社区管理员汇报汇报，请求他们赶快为这些猫儿们找一个温

风推倒了院墙

暖、安全的家。

　　讲课，开会，和研究生们探讨论文写作，与朋友们打羽毛球……日子就这么周而复始。忙忙碌碌的我，自然很快就忘记了栖身在我车身下的那群猫儿。

　　昨夜，北风在夹层窗外鬼哭狼嚎。我蜷缩在暖气片前，感受不到丝毫凄厉与冷酷。

　　今天上午十点，我走进阳光明灿的车场。风，还携带着剩余的怨怒，生疼生疼地打在脸和手上。我裹紧厚厚的棉衣顶着风小跑着奔向车位，猛抬头，一览无余。

　　我的神啊，院墙竟然不翼而飞！

　　风推倒了高高的院墙，一片狼藉，我怀疑走错了车场。惴惴地走到车旁，我的神啊，院墙是朝外倒的，我的车逃过一劫。庆幸之余，立即想到了那些猫儿。车前的那堆枯叶，已被风席卷走了。查看车身上方，猫们的涂鸦清晰可见。显然，昨夜它们来这里睡觉了。我的心猛然下坠。蹲下身，我企图找到躲藏在车下的猫儿，但，不见任何猫的踪影。

　　无意仰望头顶的喜鹊窝，喜鹊们寂然无声。

　　驱车回学校的路上，我心意沉沉。

　　"猫是有灵性的动物，它们预知灾难的能力超强，它们一定躲过了这一劫。再说了，院墙是朝外坍塌的，我的车毫发无损，猫们自然安然无恙！"我默默地安慰自己。

　　要是，要是它们正在院墙上玩耍，或者它们正在院墙外准备越墙而过呢？我不能不如此胡思乱想。为何不早些通知社区管理员？我自责。

　　现在，我只能自责。

　　我希望明天早上我能发现我车身上的涂鸦，猫儿们的涂鸦。

# 两只狗

　　院子里有一大一小两只狗。

　　大狗是纯白的京巴，很高贵的样子，雌性，唤作小白。小狗刚足月，典型的乡村土狗，雄性，唤作小花。小白是小花的外婆，但看不出它们有丝毫血缘关系。

　　当年主人在村头捡到小白时，小白和现在的小花一般大。多半是城里人来乡下玩，弄丢了。

　　主人终年经营菜地，那是需要密集劳动力的营生。模样高贵的小白自然得不到精心照顾，只好和村街上的那些土狗一样自生自灭。村里似乎没人意识到它是宠物狗，需要宠养。

麻雀为邻

因为放养,小白比一般京巴高大、健壮,奔跑如飞。日日在田野里、村街上游荡,和土狗们混在一起,依然披着浑身雪白的毛,依然保持着基因里的优雅。

小白和村街上的土狗生了一窝狗崽儿,主人只给它留下了一个女儿,也就是小花的妈妈。小花的妈妈继承了小白的基因,是一只没怎么走样的杂交京巴。生下小花等一窝崽儿不久,它在村街里闲逛,大白天被几个摩托车飞车党抢走了。主人和邻居们拼命追赶,望尘莫及。

小花的兄弟姐妹成了孤儿,没有奶水滋养,狗崽儿们一个个夭折,唯有小花侥幸、顽强地活了下来。它能活命的原因很简单:能吃饭,别的狗崽只能吃奶。

小花趴着时前腿向前伸,主人说这种卧姿的狗有虎相,是优良品种。

小白上了年纪,时常趴在院子里晒太阳。小花在它身上翻腾,咬它的耳朵和嘴,喉咙里膨胀着可怕的低吼。小白不理会小花的纠缠、挑衅,安之若素,泰然自若。偶尔,轻轻蹭蹭、嗅嗅小花的嘴,十足的慈祥外婆模样。主人扔下骨头什么的,小花咆哮着疯抢,拼命三郎般。小白视若不见,礼让三先。

小白是成年狗,必须外出社交,时常撇下小花。

望着外婆扬长而去的身影,小花怔怔地,发出低沉的呜咽。可能是想妈妈了,小花时常在院子里转圈圈,发出婴孩般娇滴滴的哭声。若主人唤它,立即止住幽咽,黏贴着主人的脚踝撒欢。若主人伸手抚摸,它便迅速卧倒,仰面朝天,尽情享受。若被另一只看见了,必然会引起敌视、争宠。主人只好两只手同时工作,方可平息骚动。

大多时候小白和小花像母子。

两只狗

若干年后,

那孩子一定会记得这个静谧的上午,

一个只属于他和奶奶的纯粹的上午,

一个弥漫着阳光和蒿草幽香的,

北京秋天的上午……

B卷　语童

若干年后,
那孩子一定会记得这个静谧的上午,
一个只属于他和奶奶的纯粹的上午,
一个弥漫着阳光和蒿草幽香的,
北京秋天的上午……

B卷 语童

# 坏 人

傍晚。阵雨欲来。闷热难耐,我便去三楼的空中花园透透气。乌云凝重,海风飒飒,凉意依稀。花园里,人影稀疏,各种成人、儿童娱乐器材兀自静默。一圈圈踽踽独行,间或驻足于一株叫不出名字的阔叶树下,偶尔翻看一枚正面苍翠背面暗红的叶子,深吸几口馥郁的无名花香……

马路边儿上,乞者的二胡悲音将密密匝匝的马达声撕碎。

一个小男孩独自在花园中心的小型游乐场玩耍,爬高跃低,不亦乐乎。我躲在一丛椰子树后,尽量不打扰小男孩的独角戏。

蚂蚁们在搬家,一只鸟儿惊惊慌慌从头顶飞过。

空气里弥漫着谁家炒菜的香味。

坏 人　　023

麻雀为邻

不远处，商场的音乐声芜杂而麻木。

"叔叔，你没什么事儿吗？"小男孩突然跑到我身边。

我一愣，冲他笑笑："是啊，没什么事儿。"

"叔叔，那你陪我玩玩儿！"语气很坚定。

"好啊！玩什么？"

"您跟我来！"

男孩拉着我的手，把我带到滑梯旁。"你快点儿，急死人了！"

这个自信的孩子！

"您蹲在这里，别动！"男孩把我固定在圆筒滑梯的出口处，迅速爬到滑梯的入口端，头朝下，通过幽暗的圆筒冲我喊，"叔叔，您看见我了吗？我在这儿呢！"

不想扫了他的兴，我只好费力地趴在出口处，呼应他。

"喂！你接着！"他话音未落，"啪"的一声，我的眼镜儿便中了暗器——一辆微型的小轿车。

"你快点儿，把小车子帮我滑上来！听明白了没？"

好霸道的小将军。

"遵命！将军！"我小心翼翼把车往上滑。担心打着他，没敢发全力，总差一点点儿他才能够着。

三番五次，我额头冒汗。蚊子乘机频繁攻击趴在地上的我。

"你真笨，用点儿力啊！"男孩大声呵斥。

男孩子终于接着了，并迅速将车子沿圆筒壁滑了下来。

我再次将车子滑上去，男孩又一次将车子滑下来，如是反复，反反复复。

"叔叔，您真棒！一玩儿就会了！"

"谢谢夸奖！小将军，你几岁了？"

"六岁，上一年级了。"

"我还没问你上学的事情呢！将军！"

"我提前告诉你不行吗？要不你现在就问我上学没有吧？"

我哈哈大笑。

"你累不累?要不你到上面来?上面舒服些!"

"那可不行。这是专门给小孩玩儿的,我不能趴在上面去哟!"

"你为什么不可以?"

"因为我是大人呀!将军!"

"你在下面玩儿为什么就可以?"

"我体重大,会把滑梯弄坏的。将军,你明白了吗?"

"哦。那你有多重啊!"

"你有多重啊?"

"四十斤!你呢?"

"我是你的三倍多!"

"哦,你有一百二十多斤啊?你妈妈给你吃什么了?长那么重!"

我很吃惊,他居然会乘法,第一次有人说我"重"!

"我什么都吃,所以就长这么重了!将军。你是不是挑食啊,

麻雀为邻

那可不好！"

"你怎么知道的？你又没去我家？哦。你还是上来玩儿吧，上面舒服些！真的，我不骗你。你别那么胆小，别那么没出息。这儿只有我们两个，没人会批评你的。"

男孩突然"嗖"的一下滑了下来，他的头"嘭"的一声撞在我头上。

"没撞着你吧？"

我揉着头，惊魂未定，"我没事儿，将军！你的头不疼？"

"没事儿没事儿，我是金刚葫芦娃！"男孩一本正经。"你上去玩儿吧，真的很好玩儿！"近乎乞求。

盛情难却，我有点儿心动了。

"你有小孩吗？要不你让你的宝宝下来和我玩儿吧？"男孩拽着我的手摇晃，请求。

"小宝！你在哪儿？还不回家！"一个女人气愤地呼喊。

"我在这儿呢！妈妈！"

"你在和谁说话呢？"女人冲了过来，横了我一眼，一把抓住男孩的手，"走，回家！"一边走，一边又狠狠地剜了我一眼。

"我跟叔叔玩滑梯呢！"男孩不情愿离开，扭头看我。

"跟你说了多少次了？不要和不认识的人说话，那多危险！"女人压低了嗓音，拖着男孩仓皇离开。

"那个叔叔不是坏人！"男孩大声争辩。

"坏人脸上又没刻字，你怎么晓得他不是坏人！你要是不听话，被人拐跑了卖了，你就见不到妈妈了！"女人大声呵斥。

男孩不说话了。当他消失在花园小门口时，还扭过头向我挥手。

我假装没看见。

我希望那男孩把我当作坏人！

阵雨，呼啦啦倾盆而来……

坏人

# 陌生男孩的问候

　　疾行街头，赶往授课地湾仔。此时此刻，学生们和我一样从香港四面八方奔向那间小小的教室。教室之外，我们能邂逅的概率几近于零。天阔，地远。人海，茫茫。擦肩而过，尚需前世五百次回眸。

　　香港中环的人流，似海潮。你不可随意停留或后退，否则，便有"开倒车"之虞。你可以暂时没了任何意念，人潮会把你自动推向任一个地铁出口。那么多陌生的面孔，虽为擦身而过，不觉间已将前世五百次回眸浪费。下一个轮回里，可否还有对面不识的机缘？难说。在中环，你只需要停留三秒，便可彻悟"匆匆过客"的深意：过客，匆匆；匆匆，过客。

麻雀为邻

　　走出地铁口，重见天日，重负顿消。疾行于皇后大道——曾经一首流行歌曲吟唱过的繁华街市，其实并没有传说或想象中那般富丽堂皇。狭窄的街面，潮水一样的车流和人潮，摩肩接踵的楼宇店铺，令人窒息的拥挤。在这里，你不可阔步，绝对不可以。

　　迎面撞见的面孔，几乎为清一色的木讷、僵硬，似皆苦大仇深。我努力调整情绪，想把最阳光的一面展现在学生面前。他们上班已经够辛苦的了，倘若看见我这张苦巴巴的脸，肯定会郁闷至极。

　　终于看见了一张笑脸，一个五六岁的小男孩，粉嫩的眉眼，夏天一样火热的表情，百米冲刺般扑面而来。满街汹涌的人潮，只有他才能如此肆无忌惮横冲直撞，只有他才有如此没遮没拦的激越。我本能地侧身为他让道，没想到他却急刹车，居然还热情地拉住我的手，仰头和我呱唧呱唧。

　　我惊愕，还好，很快恢复了镇静。

028　陌生男孩的问候

"你会说普通话吗？"完全被他的热情所感染，我绷紧了多时的脸上终于绽放出了笑意。

他还是呱唧呱唧说粤语，我自然一句没听懂，只能以微笑回应他的热情。

很快，男孩的身后出现了一位年轻母亲的身影，似曾相识。

"老师，您可能不认识我了，我听过您的几次讲座。"年轻母亲说，笑容灿烂。

"是吗？你好像很面熟。这是你家儿子？真可爱！"居然碰见了熟人，我喜出望外。

"我家儿子就是这样，跟谁都不生分。刚才我远远看见您，正犹豫要不要和您打招呼呢。我跟他说那个戴眼镜的是我的老师，我刚说完，他就冲您跑过来了。老师，您看这多不礼貌！没吓着您吧？"

我仔细打量这个陌生的小男孩，他小脸红艳，是香港街头最为生动的花朵。我轻轻抚摸他的头，我相信我的脸上已流露出了久违的纯真笑容。我知道，我已经找到了登上讲台的激情，这个下午的课肯定会讲得生趣盎然。

我下意识抱起了这个陌生的小男孩。我很想向他说声谢谢，只为他没遮没拦毫不掩饰毫无保留的热情！谢谢你，小男孩。许多年后的某些时日，不管我去了哪里，我肯定还会想起你。

麻雀为邻

## 孩子的问候

楼里有个壮年男子，浓眉大眼，身材魁梧。十年前刚入住那会儿，常见他出入需家人搀扶。不知他遭遇了何种不测，偏瘫得如此厉害。

某年冬夜，我凌晨回家，撞见他在楼道里压抑地哭泣。一个年轻女子站在他面前高声抱怨："你能不能少折腾点儿呀？你不嫌麻烦呀？这大冬天的，天又这么黑，你不在家安心睡觉，非要跑出来瞎遛？你哭什么呀？你还委屈了？好像我们把你怎么怎么的了。真是的！"

他一手扶着拐杖，一手掩面抽泣，间或发出含混不清的申辩。

电梯迟迟不下来，我只好低着头，不停地拨弄手机以掩饰

尴尬。

　　那女人应该是他的妻子。他壮年丧失了劳动能力，确实令人同情。他的妻子不得不承担起养家的重担，嫌怨似乎多少可以理解，旁人的任何批评似乎都是"站着说话不腰疼"。拥有金山银山，不如有一个强壮的身体。当一个人的存在成为他人的拖累，所谓的亲情、爱情和友情自然就会打折扣。倘若遇人不淑，纵然有"不离不弃"的誓言，也枉然。

　　很小的时候母亲就对我们唠叨："爹有娘有不如自己有！"那一刻，我明白了这俗谚的深刻、通脱。

　　进进出出，出出进进，十年就灰飞烟灭。那中年男人日渐肥硕，但他可以不用家人陪护自行在楼下蹒跚。两年前，突然发现他每天在楼前那三个硕大的垃圾桶里翻翻检检，寻找可以变卖的物件。一个仪表堂堂的彪形大汉，正值如日中天的年纪，不得不干起拾荒这营生，个中的艰难显然不是局外人所能体悟的。"没有人吃不了的苦，只有人享不了的福"，不假。

　　大堂里经常簇拥着一群北京老头，热火朝天侃大山，不论春夏秋冬。那壮年男子只能独自倚窗而坐，甚是落寞。也许是年龄的差异和身体残疾，他自然被排除在这一悠闲的群体之外。倘若他能够被这个群体接纳，他的生活应该会多一点色彩。许多时候我看见他枯坐成一个石礅，冲着窗外来往的行人车辆发呆。

　　时常看见他发脾气。一个玩儿轮滑的孩子不小心撞了他一下，惹得他高声谩骂，甚至举起了手中的拐杖。清晨，他随上班族走出电梯。他时常在这个时候下楼，庞大的身躯横在楼道中间，旁若无人地蹒跚，全然不顾身后一群上班族的心急火燎。渐渐地他遭受的白眼多了，我也不觉对他有了厌恶之情。他似浑然不觉，依旧我行我素。久病之人脾气大，心理有些畸形是在所难免的。这些道理我都明白，但还是忍不住会厌烦，每次进出都小心翼翼

地躲着他。

十年了，我从来不曾看见他笑过。

某天中午我回学校唱红歌，下到大堂，那一堆侃大山的北京大爷正团团围坐，壮年男子依旧独自倚窗而坐。

一个操四川口音的老头带着一个虎头虎脑的小男孩加入了那个圈子。那孩子刚刚会说话，挨个儿与人打招呼："你好！"他嗓门超大，脸上山花烂漫。我也意外得到了他热辣辣的招呼，尽管被他叫成了"爷爷"，但我还是心里暖暖的。多么自信的孩子，他还不知道什么是"陌生"。大堂里所有的人都围着他喜笑颜开，我忍不住停下匆匆的脚步。

那孩子拽着爷爷的手，蹒跚着走到了窗前，冲那个置身事外的壮年男子大声喊"叔叔好"（这个聪明的孩子，很快就纠正了在我身上犯的错误）。一直沉默不语的壮年男子立即扭过头来，我无法描述他脸上露出了怎样的笑容。我只能说那是惊喜的，好似意想不到得到了一个天大的奖赏。楼道里的人大多心照不宣回避着他，唯独这个正牙牙学语的小男孩打破了一层无形的坚冰。

孩子就是孩子！

# 散　步

　　那个单薄的少年期末考试成绩优异，村街上不时有人忙里偷闲夸赞他。爸爸允许他到镇上的超市随便买东西，这是少年得到的额外奖赏。

　　人到中年的我是此地的过客，全然不懂本地方言。村街上忙忙碌碌的大叔大婶，能勉强说几句普通话的并不多。我和他们的交流仅限于基本的日常问候。少年在镇上小学读四年级，普通话说得相当流利。少年家距我的住所不远。

　　我坐在院子里晒太阳，看书。偶尔，也钻进院前的暖棚里，感受温室的煦暖。少年无所事事，在我的视线里犹犹豫豫。我不经意冲少年微微一笑，继续马马虎虎看书。阳光很轻柔，偶尔划

过院前的电瓶车也很轻柔，趴在脚边一大一小两只狗不时轻柔地蹭我的腿。我有点儿恍惚：一不小心竟来到了这里，那自然是冥冥中的定数。

"你看的是什么书？"少年凑到了跟前。

我迟疑了一下，据实相告："《张爱玲散文》。"

"什么是散文？"少年的声音和表情都粘满了好奇。

"散文嘛，就是……哦，对了，你写的作文就是散文？"我吞吞吐吐。

"是吗？我们老师怎么没说过作文是散文？"少年半信半疑。

我知道遇上麻烦了，赶紧岔开话题。

"书里都说什么呢？有好玩儿的故事吗？"少年兴致勃勃。

"这本书不是专门讲故事的……"我语焉不详。

"不讲故事的书有什么意思哦。叔叔，你陪我玩儿吧？"少年总算不再对我的书感兴趣了。

"玩儿什么？"我顺坡下驴。

少年从衣兜里掏出一个毽子递给我，快速跑开，随手抓起院子里的一个空竹筐，站在院子中央，说："你往天上扔哦，我来接。每人扔二十次，看谁接着的多。"

我合上书，站起来，迎着阳光把毽子高高地抛向空中。

少年前后左右蹦跳，很少失手。满面红光，从不大呼小叫，行动迅速但不莽撞。

轮到我接了，我故意几度失手。

少年同情我，立即降低难度，让我靠近一点儿，并努力把毽子扔得端端正正。

我累了，示意休息。

少年余兴未尽，赶紧凑到我身前，小声安慰："我们打了个平手哦。你歇会儿，我们再玩儿一次吧。"

不忍扫了少年的兴，我继续和少年抛接。

许多年没玩过这种单调的游戏了，我确实累了。太阳悄悄偏斜，凉风飕飕而过。我不再搭理少年，钻进暖棚，信手翻阅《张爱玲散文》。

少年跟着进了暖棚，看我读书。

"我们一起读吧，一人读一段。"我说。我想让少年找到阅读的乐趣。

两个人并肩朗读。那些字，少年大多认识。

"我渴了。等等哦，我回去拿饮料。"少年迅速跑出暖棚。

很快，少年抱来好几瓶儿童饮料，还有大白兔奶糖。

"给你，你喝吧，很好喝的。"少年慷慨地随手递给我一瓶。

"我是大人了，不能要小孩子的东西呢。"我认真地推辞。

"你喝吧，很好喝哦。没事的，是我愿意给你的。"少年用力把饮料往我怀里塞。"吃糖吧，很好吃的。我自己买的……我还有好多呢。"

"是你爸爸给你的奖励吧？听说你期末考试成绩很不错，厉害啊，继续努力。"我接过糖果，竖起了大拇指。

少年点了点头，一脸平静。

我们面对面认认真真吃糖，喝饮料，都不说话。

一个蓬头垢面的老奶奶突然探进暖棚，和少年叽里呱啦。

我不明究竟，好奇地看着他们。

少年渐渐沉下了眼睑，要哭不哭的样子。

我赶紧把视线聚焦到书本里。

"他们不让我去看我妈妈是犯法的，是吧？"少年幽幽地说。"妈妈说她又离婚了，是因为奶奶总去她家闹……"

少年的父母离异，母亲再婚后又离了婚，父亲刚刚结婚。母亲家在附近的一个村子里。爷爷奶奶对母亲有成见，不乐意少年去看母亲。后妈住在另一个村子，父亲入赘。少年和爷爷奶奶

**麻雀为邻**

生活在一起,偶尔去两个妈妈家小住。爷爷经营农耕拖拉机,早出晚归。奶奶打理菜地,无暇照顾他。他自个儿写作业看电视睡觉。

少年有不少至亲的人,但他们都和他保持着需要费力才能够得着的距离。

"清官难断家务事",我不知该如何安慰少年。幸亏有旁人安慰少年:"你现在还小,不要理会大人们的事情……你只管好好读书,等你长大了,有出息了,就知道谁对谁错了……"

少年点了点头,哭意很快消失。

"你会下象棋吗?"少年突然问我。

"会一点儿。"我说。

我不喜欢抽象思维,只是小时候下过象棋,还停留在懂得规则的水平。

"我们下象棋吧?"少年两眼有了光亮。

"我肯定下不过你。我累了,不想下哟。"我举手投降。

"我回家拿象棋去!"少年扭身跑出了暖棚。

"我让你一个车吧。"少年满头大汗,气喘吁吁。

实在不想让少年失望,我强打精神和少年对垒于楚河汉界。我当然没接受少年的礼让,压根儿就没想赢。没想到几十年不下,棋艺却涨了一点点儿,和少年对垒倒是游刃有余。

很快,我吃掉了少年的车。少年有点儿难过,并未失态。我允许少年悔棋,少年高兴地接受了。我的车不小心撞进少年的马口,少年吃掉车后,说:"你悔棋吧,我原谅你。"

双方各赢一盘。第三盘,我明显占优。我提出和棋,少年欣喜地接受了。休战。少年提议去院子里继续投掷毽子,我应允。两人在院子里玩得不亦乐乎,像一对亲密无间的小伙伴。

"晚饭后你还出去散步吗?我跟你去吧?"少年小心翼翼地询问。

"天黑了,你不怕?田野里没什么好玩儿的呢。"我说。

"我不怕,我可以保护你哦。你去我就去哦。"少年乞求。

我爽快地点了点头。

乡村的夜晚分外沉寂,幸亏有月光。我们漫无目的地走在乡村公路上,偶尔有农人骑着电瓶车回家。一辆拖拉机轰隆隆开了过来,少年冲拖拉机上的那个黑影喊"爷爷"。拖拉机放慢了速度,旋即从我们身边开走了。那个黑影好像冲我们点了点头。

我们边走边猜歇后语、玩脑筋急转弯,像父子,更像哥们儿。

"你猜我是做什么的?"我问。

"像个导游?"少年不假思索。

我哈哈大笑。

交谈中,我发现少年懂得很多很多,有点儿吃惊。

"明天你去哪里玩儿?"少年问。

"想去大棚里摘草莓。你知道哪里有草莓卖不?"我问。

"我知道,我带你去。"少年蹦跳了几下。

"你明天睡懒觉吗?"少年问。

"你呢?"我反问。

"可以不睡呀。"少年说。

"别吹牛,你能早起?"我故意逗少年。

"我保证!"少年信誓旦旦。

麻雀为邻

月色朦胧，田野寂寂，雾气氤氲，村街上的灯火星星点点。

"你不冷吗？我们回吧。晚上出来要多穿点儿。"我替少年拉上了羽绒服的拉链。"你一个人晚上就别出来了，不安全，你爷爷奶奶会担心的。"我牵着少年的手絮叨。

少年一声不吭。

少年拾捡起路边的一根竹篙，模仿武侠，张牙舞爪。

"扔了吧，多脏，一根破棍子有啥好玩儿的？"我说。

"我喜欢，我要拿回家。"少年说。

"你别误伤了我，请你和我保持一米远的距离。"我笑呵呵。

少年拎着棍子，乖乖地跟在我身后。我突然有点不忍，索性纵容少年。我说："我解除警报啦！"

少年跟了上来，和我并行，不再手舞足蹈。

"你什么时候离开这里?"少年问。

"过两天。怎么了?跟我走不呢?"我摸摸少年的头。

"你要是晚走就好了。"少年语气疲软。

"怎么呢?"

"我四月初过生日,要买大蛋糕的,你吃不上我的生日蛋糕了。去年我过生日,爸爸给我买了个好大好大的蛋糕哦。"少年说。

"说不定我五一还过来玩儿呢。"

"真的吗?我告诉奶奶,我可以推迟过生日的。"少年提高了声音。

我很感动,用力摸了摸少年的头。

"晚上谁照顾你睡觉?"我问。

"我自己呀。"

"早上谁给你做早餐?"我问。

"我奶奶。"

"爸爸经常打你不?"我问。

"不会。有时候我太不听话了,就打一打。他很少回家呢。"

"你有小伙伴吗?"我问。

"有啊。"

"为什么不跟他们一起玩儿?"我问。

少年陷入了沉默。

"不能只想着玩儿哟,要好好学习。"我说。

"我知道……"少年回答。

……

不觉间我们来到了少年家的铁栅门前。

少年的爷爷和奶奶还在院子里忙碌,看样子,他们还没做晚饭呢……

麻雀为邻

## 陪一个陌生的小女孩游泳

刚来香港，一些热情的学生就推荐我去南丫岛看看。第一次兴致勃勃去南丫岛，暴雨滂沱，半途而废。第二次造访南丫岛，骄阳骄矜。因为去过了赤柱、长洲和大澳，香港厘岛的瑰丽已窥见几斑。登临南丫岛，感觉颇为迟钝。如同居住北京多年，对故宫和颐和园等驰名中外的名胜般漠然。

不是公众假期，游客寥寥，正合我的旅游口味。炎热蒸发了所有的审美情趣，挥汗如雨，机械苦行。曲折、狭窄、杂乱的街道，低矮而蓬头垢面的民居，葱茏而自然生长的热带植物，半丫简陋的杂货铺，榕树下的豆花铺子和几无表情的店家，无聊闲荡的土狗，还有叮一口就让皮肤长包的干瘦蚊虫，屋檐下悬挂的

各种瓜果，屋舍旁散发出的家畜粪便气味，几个扶着拐杖坐在门前条石上消磨的老人……与我曾感受过的中国任一个偏僻的乡村似曾相识。

赤柱，似走入都市多年的乡村女子，浑身濡染了城市的洋气。长洲，更像一个繁华的小镇，抑或是僻远而人气不旺的小县城，土气和洋气混杂。大澳，具有浓郁的"异域"风情。而南丫岛，是香港地道的"乡村"。驻足于任一棵假芒果树或胡须垂垂的榕树下，皆可演绎"采菊东篱下，悠然见南山"的乡村意绪。在这里自然而然就能感受何谓"山不转水转"和"山不转路转"。

山上无人烟，山脚民居隐约。山路穷尽蜿蜒和幽深，路旁藤蔓牵衣。蓝天，白云，洁净如同童话世界。苍鹰舒曼，白云肃穆。不远处海波粼粼，透亮的蓝色旋律。尽管热浪袭人，仍会下意识驻留，极目发呆。

我在沙滩上稍歇。不大的沙滩，金黄，游客星落。骄阳狂暴，我躲在一棵榕树下发傻，犹豫是否下海畅游。

"先生，下午最后一班船回中环码头是几点？"一个年轻的妈妈问我。她牵着一个只穿着游泳裤的三四岁的小女孩。

"好像是七点。"我说。

"你普通话很好啊，是内地过来的吧？"她问。

"是的。你来自海南？"我根据她的口音判断。

"我是广西的。"她说。

"妈妈，我还要游泳。我还要游泳嘛！"小姑娘黏着妈妈，乞求。

"宝贝儿，乖，不游了。太晒了，妈妈没带泳衣，不能陪你下水啊。"年轻妈妈柔声劝说。

"不，不，我要……我还要……"小女孩贪婪地看着海水里尽情嬉戏的外国小孩，不依不饶。

年轻妈妈望着大海，看看孩子，犹豫不决。

陪一个陌生的小女孩游泳

麻雀为邻

"嘿，小姑娘，水里好玩儿吗？"我冲孩子打招呼。
"好玩儿！我还要玩儿！"小女孩的声音响亮。
"你等着，我一会儿带你下海啊！"我迅速去更衣室。
我穿着泳裤从更衣室出来，年轻妈妈和她的孩子还在原地。
我抱着小女孩走向大海。浪头并不小，我这才意识到她刚才只不过在海滩边上胆怯地走了走，她的妈妈只是象征性地把海水浇在她身上。我小心翼翼托着小女孩。这个胆大的孩子，对海水一点儿都不拒绝。她的妈妈打着伞在岸边张望，好像并不担心。
唯恐小女孩被水呛着，我尽量避开浪头。每一个浪头过后的间歇，我用一只手臂做船板，让她小小的身体漂浮在海水里。她紧紧抓住我的手臂，小腿肆意击打浪花。当浪头再次袭来，我

陪一个陌生的小女孩游泳

托着她跃出水面,她兴奋得尖叫。

那一刻,我不知怎么的就想起了小时候在河滩戏水的情景。多年前那个炎夏正午,没有大人看管的我们,十几个赤条条的孩子在一个回水滩里玩跳水,其中一个姓康的孩子跳下去就没浮上来。两个小时后,大人们才把他打捞出来。他那杀猪的父亲抱着他的尸体打他一会儿哭一阵儿,哭一阵儿再打他一会儿。"你这个不听话的家孽啊,我白养了你啊,你让我命里没有儿子了啊!"康屠户仰天哭喊。那孩子是家里的独子,前面有七个姐姐。那年我十岁,他应该和我年龄相仿。

此刻,担心小女孩的妈妈担心,我把她送回岸边。

小女孩还是不肯离去。她的妈妈也没有离开的意思,低声哄劝:"我们走吧,不玩儿了。叔叔累了,让叔叔游一会儿吧。"

小女孩还是站在岸边,眼巴巴望着我。她们的不设防给了我莫大的鼓励。这一次,我把小女孩架在脖子上,她搂着我的头,我们慢慢走向海洋"深处"。我很享受这萍水相逢的嬉戏。

挥别之时我看见了母女俩灿烂的笑容。很遗憾,忘记了留下和小女孩在海里嬉戏的合影。那就让她存留在我的文字记忆里吧,算是一种补偿。

因为偶遇陌生的小女孩而令我找到了对南丫岛的亲近感。

麻雀为邻

# 一句话的救赎

小时候我是十足的"假小子",整天跟着村里一帮男孩子疯玩儿。我不仅贪玩儿,还特别粗心,丢三落四是家常便饭。

妈妈痛心疾首,时常恐吓我:"你看看你哪有女孩儿样儿?看你将来怎么嫁得出去!"

我天性乐观,才不管将来有没有谁会娶我呢,顽皮依旧,马虎依旧。

我最大的劣迹是:吃饭要么天一半地一半,要么从来就吃不干净,不管吃什么碗里都会剩下不少。妈妈时常苦口婆心地唠叨:"别糟蹋粮食啊,我的小祖宗!"还教我背诵"谁知盘中餐,粒粒皆辛苦!"一切都是瞎子点灯——白费油!每顿饭吃到最

后，我的胃就不听话了。如果再多吃一口，好像就要呕吐。即使吃饭前饿得前胸贴后背，要让碗里一粒饭不剩，那简直比登天还难。我实在无法想象，怎么可能把碗里的每一粒饭都送进嘴巴里呢？那可比绣花还难，甚至比"锄禾日当午，汗滴禾下土"还辛苦哟。

粗心的我实在没有耐心将每一粒饭都消灭干净，因为每当肚子快饱了，我的心便飞到小伙伴中。爬树、下河、藏猫猫等，远比收拾那些难缠的残羹剩饭有吸引力。

吃饭吃不干净，竟然与写不利索作业如影随形。我几乎每次都无法做完老师布置的作业，以为自己全都做完了，但每次一定会漏掉一两道题。明明会做，写出的答案却缺胳膊少腿。老师为此痛心疾首，骂我是女孩子中罕见的"马大哈"，还告诫我"读书需用意，一字值千金"。我依然乐呵呵，一副没心没肺的喜乐神模样。

七岁那年暑假的一天中午，我吃完饭，将碗筷一推，就火烧火燎去找隔壁的丫丫玩。丫丫小我两岁，是我的小跟班。

丫丫正在吃饭，见我来了，立即就不吃了，冲她奶奶喊："阿婆，我吃不下了，我和乔乔姐玩儿去了。"

"丫丫，你等等，快把饭吃完。你看看，你看看，碗里还

剩那么多？你这样糟蹋粮食，你晓不晓得是要遭报应的？"丫丫奶奶呵斥。

"不嘛！我吃饱了，我一丁点儿都吃不下了嘛！乔乔姐从来都吃不干净饭的，不信，你问乔乔姐。乔乔姐，你说是吗？"丫丫一边爬下凳子，一边得意地冲我嚷嚷。

我大张着嘴，笑得跟考试意外得了一百分似的。

"丫丫，你学乔乔姐什么不好，你偏偏要学她吃饭吃不干净？你晓得不晓得，吃不干净饭，每浪费一颗粮食，就会少活一天？"丫丫奶奶一边忙碌，一边责备丫丫。

"阿婆，真的会那样吗？"丫丫站着不动了。

"那当然了，谁还骗你小孩子啊？赶快把饭吃干净，什么事就都没有了。"

丫丫立即乖乖地重新坐在饭桌前，仔仔细细把碗里的每一颗饭粒都送进了嘴里。

其实，在听完丫丫奶奶说完"每浪费一颗粮食，就会少活一天"，我的笑容就僵住了。我琢磨：每浪费一颗粮食，就会少活一天，那我不知道要少活多少天呀？这可怎么办？怎么办呀？我突然感觉快天崩地裂了。以前我浪费的那些饭粒，是无论如何都不能弥补了。我吓得撒腿就往家跑，一边跑，一边想，刚才碗里还剩下不少呢，我得先把刚才少活的那些天赶快找回来再说。

刚进家门，见妈妈正准备收拾饭桌，我猛地冲到她面前，高声喊："别碰我的碗！别碰我的碗啊！"

我一把护着我的碗，开始小心翼翼地吃刚才剩下的饭菜，生怕漏掉了一颗。可以说是费尽了九牛二虎之力，我终于生平第一次把饭吃得干干净净，像是用舌头舔过的一样。

妈妈看不明白了，像是看见了别人家的孩子一样，小声嘟囔："太阳打西边升起了哟。这孩子，怎么了？"

从那以后，我吃饭总是很仔细，总会把碗里的饭菜吃得片

甲不留，直到今天。成年后不管和谁一起用餐，我都如此，自然得到了许多朋友的赞美。

更为不可思议的是，当我能一丝不苟把碗里的每一粒饭送进嘴里之后，我写作业也就不再粗枝大叶了。而且，我竟然一天天文静起来，渐渐有了小姑娘的乖巧模样。除了依然保持着乐观的性格，简直变成了另外一个人。

丫丫奶奶无意中的一句话，给予我无价的救赎，甚至改变了我的一生。

（本文取材于我的香港学生讲述的亲历故事）

### 向小学老师致敬

认识一位小学音乐教师,她说自从当上孩子王后,嗓子就一直哑着。

"当教师的嗓子大多有毛病,这是职业病。"我说。

"真羡慕你们这些大学老师,还是你们轻松。"她说。

我愕然,赶紧说:"你们至少不用写论文,出专著……小孩子嘛,还是蛮好哄的……"

"你知道吗?我每节课至少要花二十分钟时间维持课堂秩序。我得不停地大声说,'不要说话,听老师讲'……嗓门小了,是当不了小学老师的……"她哑着嗓子说。

我对此一直持保留意见。直至受北京师范大学实验小学邀

请，参加该校的阅读节活动，为一年级六个班的小朋友讲故事，才真真切切地感受到：当小学老师真的不容易！

　　礼堂里坐着三百多个孩子，尽管有班主任压阵，但他们的高分贝还是令我惊诧。组织者体恤我是大学教师，知道大多数大学教师习惯于坐着讲课，特意为我准备了椅子。我还算有点儿经验，知道坐着讲课在小孩子那里是行不通的。因此，我搬开椅子，还申请了一个无线麦克风。有了这高科技工具壮胆，我还算自信满满。

　　知道给小孩子上课一定得有互动，可是，每当我提问，好像三百个孩子都急于抢答。礼堂里立即炸开了锅，个别性子特别急的孩子已经站起来了，恨不得抢我手里的话筒。还算有临场应变能力，我只好立即中断讲述，与孩子们约法三章。当然，也没忘记鼓励他们勇于回答问题的积极性。

　　我终于能够理解那位音乐老师的苦衷了。

　　四十分钟总算过去了，故事讲得还算流畅。但，很难说令自己满意。讲深了，唯恐孩子们不能理解。讲浅了，又觉得误人

子弟。更要命的是，某些东西往深了讲容易，往浅了讲却表达不清楚。比如，讲到"时光匆匆"，我只能在舞台上先慢悠悠地走，接着疾走，通过速度的快慢让孩子们直观感觉何为"匆匆"。那个时候，我发现我的语言表达能力是何等苍白！

做小学教师真的不容易，我发自内心向小学教师们致敬！

## 荒草与阳光之间

  北京因为干燥，常常被灰尘肆意纠缠。所有的街景时时蓬头垢面，像一个失去了爱情的中年女人。雨水丰沛的南方，每当雨过天晴，空气里漫溢着青草和泥土的清香，沁人心脾。然而，在这缺少雨水爱恋的北方，空气里始终鼓胀着躁动不安的尘土戾气，你的眼里鼻子里和心里自然就落下了阴翳。来这里生活近二十年了，明知道这是干旱少雨的北方，这是几乎拧干了柔情的粗犷的北方，但我始终在盼望在等待。常常盼望下雨，常常等待姗姗来迟的雨声惊扰我的酣睡。我的盼望和等待，时时近乎绝望。还好，总是在濒临绝望之时，雨或雪，终会匆匆远道而来。

  香港是比我故乡更南的南方，那里雨水丰腴，如同情感过

麻雀为邻

剩而情无所倚的少女。在香港滞留一年，我丝毫不厌烦其时时处处湿漉漉的触感。记得那个台风肆虐的傍晚，我若无其事闲荡在观塘的街市里，想好好感受一下那传说中可以将大树连根拔起的风的力度。我习惯了北风的凄厉，不大相信那来自温润南国的风竟然会如此血腥、残暴。风折断了我近旁的一棵榕树的壮硕枝干，把我刮成了一棵东倒西歪的树，我浑身如河流决口。没有恐惧，我恰似回到了久违的襁褓，找寻到了那种关于风雨的温暖记忆——几近不可理喻的一种自虐情态。

　　回到北京，鼻腔和口腔立即似已龟裂，对于雨水的渴望实际上已经郁结成一种病态。满身满眼满心的浮尘，不洁感终日如影随形，浑身的不自在，精神萎靡。上呼吸道感染，鼻敏感，似感冒而非感冒，头晕目眩，似病入膏肓……我似禾苗，急需雨水浇灌。

　　夜半，潇潇雨声将我唤醒。快速翻身下床，没顾得上开灯，拉开厚重的窗帘，打开夹层窗，伫立于窗前。伫立，伫立，伫立……深深地呼吸，雨的味道，混合着浓重的泥腥味。嗓子渐渐滋润，鼻息渐渐通畅，脑袋渐渐清新。雨声，风声，似一曲来自远方的绝响，是何人拨动的琴弦？我混沌、芜杂的心绪渐渐澄澈、

荒草与阳光之间

清明……

　　一夜秋雨，洗刷出了一个清新、洁净的清晨。这北方十月的清晨，依稀有了南国袅娜的风韵。贪婪地深吸一口，我十九岁之前所有与南方清晨有关的记忆，一瞬间从远方迎面扑来。

　　天空碧蓝，一览无余。北方的天空。北京雨后的秋晨。"秋高气爽"，果然名不虚传。正在泛黄的枫树杨树银杏树和法国梧桐们，摇曳着偷偷裸浴之后的惬意、沉静。楼房和街道似受了某种神圣的宗教洗礼，少了许多躁动，多了些恬然。就连密密匝匝的马达声，也有了清脆的质感。

　　蚁蝼般的私家车早已倾巢而去，上班族早已匆匆离开，孩子们早已走进了校园，只剩下老人们在偌大的院子里悠闲地散步、聊天，或安坐着晒太阳——被雨水洗刷得亮晶晶水灵灵的太阳。

　　上午十点，我晃晃悠悠穿过空荡荡的小区，回学校去讲课。踩着一路柔软、温暖的阳光，我情不自禁蹦跳了几下。突然意识到早已滑过了蹦跳的年轮，下意识环顾左右，似无人注意我"聊发少年狂"，索性继续蹦跳着穿过停车场。足下似安装了微型弹簧，我不禁奋力跳跃，模拟着排球扣杀和羽毛球劈杀的动作，那种久违的渴望奔赴运动场厮杀的激情倏然澎湃。

　　车场外是一大片空地，据说要在此修建社区医院。我入住十年了，医院迟迟没动工，这片空地一直就这么奢侈地荒芜着。习惯了行走在被水泥和石子儿铺盖的路面，我一直认为这片土地原本就是不毛之地。蒿草，我遥远记忆中不守任何规矩的蒿草，竟然茂盛了这一大片弃园。乏人问津，流浪狗或猫偶尔进进出出。或者，在夏季某个阵雨过后的晚上，犹能听见一片稀罕的蛙鸣。除了蒿草，还有零星的几株枯瘦的向日葵，冲着太阳没遮拦地笑。西瓜秧苦瓜蔓南瓜藤尽情向四周探险，自得其乐。蛐蛐和蚂蚱在草叶间舒展筋骨……

　　这是一片难得的憩园！可惜，没有谁愿意走进这荒烟蔓草之

中小憩。因此，这里完全属于植物和动物，是它们真正的乐园。

自从那个叫"城市"的怪物来到这个地方之后，钢筋和水泥成为城市的得力武将，以摧枯拉朽的气势迅速将植物和动物们逐出了它们的家园。还好，子虚乌有的社区医院保留住了这片动植物的天堂。不知还能保留多久，但愿它一直能保留下去。因为我们可以站在空地的围栏外，让城市里的孩子们真切地认知何为荒芜何为自然。

我站在荒园的栏杆外，突然，我惊呆了，驻足难行——

荒园深处，一个银发飘飘的老奶奶正在和她那四五岁的孙子玩耍。他们还搬了小桌子和椅子，摆放在草丛里。婆孙俩围坐在桌前，好像在讲故事。也许，那顽皮的孙子一大早突然犯浑死活不肯去上学，奶奶认为这个年龄偶尔旷一次课并不要紧，索性归还孙子一个无拘无束自由自在的日子。

满园蒿草，满园阳光，听见了奶奶童话般迷人的故事。

若干年后那孩子一定会记得这个静谧的上午，一个只属于他和奶奶的纯粹的上午，一个弥漫着阳光和蒿草幽香的北京秋天的上午……

唯恐那孩子会忘记这个上午，我赶紧将其写进这篇博文里。郑重申明：我铭记着公元 2010 年 10 月 12 日北京一个雨后阳光葱茏的上午！

## 寄放六岁那年的我

六岁那年,父亲把我寄养在叔叔家。乘我熟睡之时,父亲悄悄弃我返家。大约一个星期,我每天坐在叔叔家门前那条望不到尽头的大路边号哭,希望能把父亲哭出来。不记得我多少次望眼欲穿,甚至沿路逃跑。我想回家,但父亲始终音信杳无。

父亲那一走,就是两年。

叔叔的严厉,婶娘的嫌怨,堂姐妹们的白眼……那刻骨铭心的两年,奠定了我忧郁、悲观的生命底色,也宣告了我童稚岁月的终结。

以后若干年,常常在午夜梦回之时,我被我六岁时无助的哭泣惊醒。

**麻雀为邻**

少年时，我间或涌动起质问父亲的冲动。因我不够叛逆，而始终缄默。

成年后，我理解了父亲当年的无奈，自然不再旧事重提。但我清楚，我的心结并未随年岁的增长而自然打开，反而成了解不开的死结。

我喜欢孩子，为孩子们写作，成为一名儿童文学作家，看似童心未泯，实为亲近我辛酸的童年，稀释我无以稀释的顾影自怜。

六年前，弟弟将女儿笛笛寄养在我家。想起我当年的际遇，我视笛笛如己出。

一年后，我们将笛笛空邮至深圳的那个黄昏，一家人全都泪流满面，四岁的她不忍离去的悲怆，至今犹间或在我记忆里闪回。

同样是别离，四岁的笛笛早已忘记了那年的哭泣。

而我，六岁时的哭喊，不期陪伴我逼近不惑。

如果可以选择，我宁愿不当作家，唯愿能逃避"童年创伤"，归还我那被无情缩略的无忧无虑的童年时光。

三年前，偶然读到一篇小散文，作者和文章的名字我都没

有印象，但那个写得毫无章法的故事，却令我揪心，辗转反侧：

一个懵懂的少女，被父母送到乡下亲戚家去"吃苦"。在那里，她遇见了一个父母双亡的男孩。男孩一直生活在孤儿院。他纤弱，像一张透明的白纸。他走路很轻，很少说话，声音微弱。他的微笑沉静，看一眼便令人怜惜。他好像在说："小心，别碰着我，我是易碎品。"

小男孩激发了少女朦胧的"母性"，仿佛一夜之间，她不再疯疯癫癫。她把作为女性的最初的母爱，毫无保留给予了那个男孩。

小男孩非常享受少女的爱，少女亦非常享受小男孩对她的依恋。

少女无端地认为，他是她的男孩。

分别那天如期而临，少女不得不眼睁睁看着男孩被送回孤儿院……

从此，少女告别了混沌的青葱岁月，长大成人。

三年来，这个简约的故事一直纠缠着我。同时，纠缠着我的还有六岁的我，四岁的笛笛。

那个小男孩离别时始终没有流出眼眶的泪水，紧紧拽着少女裙摆而被大人掰开的小手，站在叔叔家门前路边哭喊的六岁的我，以及笛笛四岁时别离的呜咽，纠合在一起……

有时候，我觉得那个小男孩就是我。

有时候，我羡慕那个小男孩，因为他在最需要温情的时候，得到了一个陌生少女感天动地的真爱。我甚至羡慕四岁时的笛笛，因为我曾给予她父亲般的呵护。

理所当然，我怜惜六岁时无人怜惜的自己。

我更怜悯那个小男孩，因为他最终不得不回到孤儿院。也许，直到他步入婚姻生活，他才可能拥有一个真正意义上的"家"。

2009年8月31日，我离开北京，不觉间在香港逗留经年。

麻雀为邻

独在异乡，我所有的童年记忆一一浮现。

那个子虚乌有的小男孩绝望的眼神，始终揪扯着我脆如蝉翼的心弦。多少回梦里，他在我面前哭泣，他喊我"爸爸"，伸出手要我抱他，乞求我带他回家……每当我满怀深情欲拥抱他时，他却不见了，抑或我已从梦中惊醒。我想为他做点儿什么，可我不知怎么做，又实在不堪他一次又一次在梦中对我的滋扰。

于是，我决定把小男孩写进我的小说里。我精心营建的这个文字王国，完全是我的地盘，完全由我说了算。我决心抚慰小男孩曾经遭遇的痛楚，决心彻头彻尾弥补他曾经缺失的亲情，决心给予他一个看似不可能得到的真正的家。

半年来，我匆匆奔走于深圳、香港两地，常常深夜返回暂住地。常常在夜深人静之时，我便精心为小男孩营建温馨的家园。我没有料到，我一次次情难自禁，泪流满面。虽然我没有多少做父亲的经验，但我笃定，我已经找到了当父亲的感觉。那个小男孩，就是这部小说《水边的夏天》中的"夏天"，也是我爱至骨髓的孩子！

我一厢情愿，为小男孩找到了超越了血缘因果的亲情。

请不要苛责我，这不过是我作为三流小说家无聊的小把戏。我敢保证，人世间一定存在着无缘无故的亲情。

今夜，台风灿都在窗外咆哮。而我，跪坐在地板上，写下这些文字，算是和那个一直纠缠着我的小男孩告别。

孩子，请别再在我的梦中哭泣。爸爸心疼，而且，身心疲惫，需要好好休息……

我亲爱的宝贝儿，当你孤独、悲伤的时候，请回到这部为你量身定制的小说中。这里有爱你的鲲鹏哥哥，还有爱你的鲲鹏的爸爸妈妈。当然，还有爱你的已分不清故事内外的我！

还有，六岁那年的我，恳请你，从此将我遗忘。你可以进入这部小说，和夏天一起愉快嬉戏。

我还在做着那个痴痴的白日梦：

某年某月的某一天，

妹妹突然摁响了我家的门铃儿。

那一天，母亲仍健在。

我们相拥，

细细思量回家的那一里路究竟有多长？

# C卷　语殇

> 我还在做着那个痴痴的白日梦：
> 某年某月的某一天，
> 妹妹突然摁响了我家的门铃儿。
> 那一天，母亲仍健在。
> 我们相拥，
> 细细思量回家的那一里路究竟有多长？

## 夜半敲门声

  浙江是我久仰之地，据说盛产才子美女，婉约、悲怆的越剧亦令我陶醉。春节过后去嘉兴讲课，自然期待多多，初恋情怀蓦然复苏。

  当我降临吴越大地，一望无际的长江中下游平原令我莫名惊诧。我想象中的水乡泽国，"烟柳画桥，风帘翠幕"，无法言说的玲珑、秀雅、清丽，断然不应与平原大开大合的粗犷相关。还好，遍地私家小洋楼契合了我印象中的"钱塘自古繁华"。风，小雨，夹雪，触目竟是黑白片的况味。长江三角洲板着面孔，似不欢迎我这远道而来的崇拜者。我有些恍惚，疑心上错了航班。这哪里是我少年时曾在古典诗词里单相思过的江南？

麻雀为邻

讲课地点在嘉兴南湖中学，因为全日制学生还没返校，偌大的校园异常空旷。招待所是一幢八层高的板楼，正对大操场，背朝空荡荡的学生宿舍区。新建的校园一切都是新的，新得没有活人的气息。我何等奢侈，竟然一个人居住在一栋楼房里。房间里所有陈设自然全是新的，但电视机和网络都还没来得及开通。白天上课倒容易消磨。晚上回到属于一个人的一栋楼里，楼前楼后看不见任何人影、听不见任何人声，连数字化的声音也听不见。我甚至怀疑，一入夜，校园里只剩下我一人。我怎么能熬过七个长夜？

居然住的是套间，餐厅、客厅俱全，不过都是摆设。我现在不需要如此巨大的空间，一个带卫生间的卧室足矣。某些时候，空间越小越有安全感。谢天谢地，卫生间和卧室相连。顾不得环保节能什么的，打开客厅、厨房里的灯，紧锁卧室门，告诉自己不到天明决不打开。倘若楼道里突然响起了脚步声敲门声，抑或

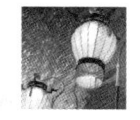

有不明不白的窸窣声，我说不定会打开窗户做自由落体运动。

每次出远门，我习惯随身携带一些闲书，以备不时之需。"人生寂寞好读书"，先贤们早已道出了读书真谛，我正好如法炮制。"冷雨敲窗被未温"，长夜漫漫，两个晚上我就把所带的书读完了。多年来我偶尔失眠，读书便是最见效的自助疗法。

无书可读，我只好向负责接待的工作人员索要了一摞打印纸。第三夜，我便趴在床上信手涂鸦，寻找久违的纸上写作的感觉。不记得有多少年不曾认真写过字了，许多常用的字都写不明白，只能胡乱标记。笔墨竟已跟不上思路，用笔写字何其别扭，如同多年前首次在键盘上写作一样。但是，这是我别无选择的选择。没书看，没电视、网络消磨，忌惮如苦行僧般苦思冥想，如果不想在床上烙饼就只能如此了。

第四天深夜十二点，我写作正酣，疑似有敲门声。侧耳倾听，确信有人敲门。而且，被敲响的正是客厅外的门。

"额滴神哪！我滴滴滴那个神神呀！"我屏息凝气默默祈祷。

确信不曾做亏心事，但我更确信我确实害怕正固执响起的敲门声。迄今为止我遭遇的最难熬的三分钟过去了，那敲门声依旧不紧不慢。终于确定是人在敲门，当然，我并不知道鬼敲门会有什么不同，我只好硬着头皮打开卧室门，走进客厅，突然发现外屋的门竟虚掩着。我所有的头发应该都竖立起来了。我清楚地记得进入卧室之前，仔细检查过外屋的门窗。

"谁？"我想歇斯底里，但我已没有歇斯底里的力气。

没来得及倒吸一口凉气，门"吱嘎"一声被推开了。

"张老师，你有空吗？我想向你请教一些问题。"一个穿着校服的男生站在门口。

"请进！"我竟然镇定自若。

"我听过你的课，也读过你写的书……你能否告诉我，我

该怎么办？我学习成绩不怎么好，但我就是喜欢写作，我想当作家。可是，我爸爸妈妈还有老师都说我的想法太幼稚，我应该集中精力考大学……"他面色苍白，双眉紧锁，似有千年难开的郁结。

我安静地听他说了大概半个小时，既因我明白他需要被聆听，又因我需要时间平复浑身的惊悚，还因我需要找到一些不至于让他过分失望的说辞。

直到他确实没什么可说的了，结巴了，开始低头反复扭那双白皙的手，我才接过话茬儿："也许我的回答会让你失望，因为我和你爸爸妈妈老师的观点是一样的。我曾经……和你一样，酷爱文学……"我说得有些吃力。

他抬起头，眼睛一亮，欲言又止。

"你想说你不已经梦想成真了吗？但我要告诉你，作为作家我算不上出色。如果我没读大学，我就不可能获得当教师这个工作。相比较而言，我当教师更游刃有余……"我说。

他再次眼睛一亮，欲言又止。

"你是想说韩寒也没上过大学，他现在非常成功，是吧？"我问。

他点了点头。

"你能保证你有韩寒那样的才华吗？即使你不缺少那样的才华，你敢保证你有他那样的机遇吗？一个人很早就有明确的爱好是非常幸运的……"我硬着头皮继续说。"大学是什么？你没身处其中就不应该贸然放弃……再说，上大学并不妨碍你继续做作家梦……我觉得你是以要当作家来为自己不努力学习开脱……"

我实在不知道还能说些什么了。不过，我没有低头、扭手。那一刻，我很讨厌自己，明明黔驴技穷还能装作胸有成竹。

我们都沉默了。整栋楼自然默不作声。江南早春的寒冷令我始料不及。

"我听你的……我试试看……要是我能考上大学，又能当作家，像你一样，我就没烦恼和忧愁了，是吧？"他说。

我喜出望外，冲他微笑，起身拍拍他的肩，说："一切皆有可能，孩子！"

"我选择，我喜欢！"他笑了。

我情不自禁和他用力击掌，然后说再见。

当他的脚步声消失在楼道尽头，我仔仔细细检查门是否锁好。这一次，门，真的无法打开。可是，刚才怎么就自动开了呢？

突然想起他没留下电话号码什么的，也没向我索要联系方式。我竟然没问他叫什么名字，他是怎么知道我住在这里的？他什么时候听过我的课，我一点儿印象都没有。直到今天，我还有些迷惑。

那夜，我一直没睡踏实，半梦半醒之间，总觉得有人在敲门……

麻雀为邻

# 一里路需要走多久？

## 1

拆迁通知书从老家辗转到了我手中，我家的老屋很快就会没了。

母亲忐忑不安地问："这一次真的要拆？"

我不敢抬头看母亲，我知道她那深陷的眼窝里早已蓄满泪意。我轻轻拍了拍母亲，欲言又止。

"老屋没了，你妹妹咋回家？"母亲小声嘟囔，声音哽咽。她背转身走进自己的房间，灰白的发丝映衬着日渐佝偻的背影。

近些年，老家的亲朋好友时不时捎来老屋即将拆迁的消息。每一次，我和母亲都会黯然神伤。庆幸的是，谣传一次次化为乌有。明知道老屋迟早逃不脱被拆的命运，此刻捧着拆迁通知书，我仍旧惊悚得如同看见了病危通知。

站在中国地图前，沅江远隔千山万水，耳畔依稀回萦着她低吟浅唱的歌音。守望在江边的那座小城一年年不再是旧时的模样，但她仍旧是我们多年来割舍不下的牵念。

十五年前，我离开小城来北京上大学。六年前，我流着泪跪在同样流着泪的母亲面前，终于说服了苍老、孤单的她离开小城，跟随我移居北京。尔后，晃晃悠悠一年又一年，大多数亲朋好友先后离开了小城。再回小城，触目尽是陌生，我们竟然成了外乡客。而今，我们那在寂寞中聆听沅江歌音、日渐破败的老屋很快就要没了。物非，人亦非。

"妹妹，你真就回不了家了？！"我对着地图喃喃自语。

## 2

"妈妈，我为什么不漂亮？"

"丫丫，谁说你不漂亮？我们丫丫是世上最漂亮的丫丫！"

"妈妈，您骗人。小朋友们都说我不好看，不愿意和我玩儿。妈妈，您为什么不生一个漂亮的我？"那天，八岁的女儿突然悲悲切切地质问我。

在大多数父母眼中，自己的女儿无疑是最聪明最漂亮的。但是，我不得不承认我的女儿的确不漂亮。在成家之前的很多年，我和母亲都生活在没有男性的家中。我渴望生一个小小的男子汉，以慰藉我多年来孱弱的依赖心理。十月怀胎的日子里，我甚至烧香祈祷："倘若实在不能恩赐我男孩，一定要赐我一个长相平平的女孩！"

麻雀为邻

十七年前的那个梦魇之夜，妹妹失踪。父亲心力交瘁悲痛辞世，母亲哭瞎了左眼。满院萧索。亲朋好友大多说我们家遭受的飞来横祸，皆因我有一个漂亮得让老天爷都嫉妒的妹妹。多年来，我只好深信不疑。因此，当我发现女儿相貌平平，竟然心存感激。殊不知我却忽视了：每一个女孩都会梦想成为童话世界中美若天仙的公主，包括曾经的我。不漂亮，对于女儿来说显然是一种打击。看着哭得心碎的女儿，我手足无措，陷入了不知所之的恍惚。我终于意识到，我不知不觉已患上了"美丽恐惧症"。

那的确是一种不可思议的"病症"！

3

前些年，我时不时打开妹妹那本光艳照人的相册。妹妹十七岁的美丽，一次次令我扼腕、垂泪。

三年前，我把妹妹的相册存进了银行。我不想长久沉浸于悲伤的往事，也不愿再看见母亲一天天一年年对着妹妹婀娜的笑颜以泪洗面。我竭力清除妹妹的痕迹，竭力隐藏让我们睹物思人

的任何物什。我们一直笼罩在妹妹神秘失踪的阴影里，那种苦痛我们已经背负十七年！

多年来，我和母亲流着泪反反复复唠叨："这么多年了，我们还能奢望她突然回家？她是我们的冤家，我们不要再想她了！"

我们小心翼翼不再提及妹妹，好像已经把她彻底遗忘。但我们清楚，她的影子仍旧无处不在。

而今，老屋就要拆了，母亲整日坐卧不宁，总是神情抑郁地唠叨："老屋没了，你妹妹回来就找不到家门了……"

母亲又开始夜夜梦见妹妹：妹妹还梳着离家时的马尾巴，凄惶地奔跑在小巷里；有时候妹妹好像找不到我们家的老屋，凄楚的哭声被工地巨大的轰鸣声吞没，满目狼藉的瓦砾、断墙……母亲还说，她有预感，这一次妹妹真的要回来了。母亲一定要回老家去，她要站在家门前那棵也许会幸存的梧桐树下等待风尘仆仆的妹妹回家。

然而，这样的预感母亲已经有过千百次！

4

妹妹小我两岁。从记事起，我就生活在妹妹的阴影里。和妹妹相比，我就是一只不折不扣的丑小鸭。妹妹聪明、伶俐、乖巧、漂亮、大方、善解人意，人见人爱。妹妹十二岁就考入了省艺术学校，能歌善舞的她是学校歌舞团的台柱子，小小年纪就四处登台演出。妹妹优秀得似乎让父母不偏心都不行，尤其是父亲，一直视她为掌上明珠。直到今天，我仍旧嫉妒妹妹所得到的那种令天地动容的父爱。

因为很小就只身离家去省城读书，练就了妹妹惊人的独立生活能力。以至于在她偶尔回家小住的日子里，我总觉得她才是姐姐。

麻雀为邻

那一年，妹妹十七岁，亭亭玉立。我们私下约定：妹妹考北京舞蹈学院，我考中央工艺美术学院，一同去北京发展。

栀子花开的时节，妹妹随艺校歌舞团来我们家所在的小城巡演。当时，妹妹在省内已小有名气，在小城更是家喻户晓。印着妹妹袅娜舞姿和栀子花般笑颜的海报，张贴满了小城的大街小巷。接连两天晚上，妹妹演出完后就跟着爸爸回家。第三天，任县城电影公司总经理的爸爸出差去了省城，妈妈在丝绸厂值夜班，我在县城中学住读。也就是在那个晚上，妹妹演出完后在回家的路上失踪了。

从电影院大礼堂到我家所住的老屋，不到一里路！

歌舞团负责人说，妹妹跳完独舞《阿细跳月》后卸完装就说要回家。团里曾安排人送她，妹妹说："不用了，这儿我太熟了，闭着眼睛都能走回去。五分钟就到家了，没事儿！"

有人说看见妹妹钻进了一辆豪华轿车；有人说好像隐约听见巷子里有女孩呼救的声音；有人说看见妹妹坐上了一个很帅气的小伙子的摩托车；有人说妹妹被黑帮绑架了，可能被引渡到了国外；还有人说妹妹被地痞流氓奸杀抛尸沉江……

那时候，有关妹妹失踪的谣传铺天盖地，说什么的都有。报纸、电视台、电台，乃至小城的每一根电线杆子，都传递着妹妹失踪的消息。警方也出动了，四处调查取证，不放过任何蛛丝马迹。

等待，等待，泪痕粼粼的等待；期盼，期盼，碎心而绝望的期盼。一天又一天，一天又一天，始终没有妹妹的任何音信。

回家的那一里路，妹妹已经走了十七年，至今仍旧没有走回家，而且音信杳无。

四十六岁，英俊潇洒的父亲一夜间便进入了苍苍暮年。四十四岁的母亲哭得无法睁开俏丽的杏眼。老屋沉浸在密不透风的哀伤中。

妹妹失踪半个月后，倔强的父亲不能再待在家中死等了。他听不进任何人的劝阻，毅然辞了公职，动用了家中所有的积蓄，还变卖了所有值钱的家具、电器，只身踏上了漫无目的的找寻之旅。

父亲那一走就是三年。

三年来父亲沉重而执着地走遍了三湘大地，北京、上海、深圳等城市也留下了他匆匆的身影。挺拔的身板佝偻了，两鬓染霜华，光洁、俊朗的面庞千沟万壑。囊中羞涩，两手空空，父亲蓬头垢面地回到小巷中，神色怆然站在老屋门前那棵高大挺拔的梧桐树下。

那时候，已哭瞎了左眼的母亲居然没认出他。母亲已经从巨大的灾难中坚强地站起来，为了供养我上大学，她拖着羸弱的身躯重回工厂上班。

那是深秋一个昏黄的傍晚，父亲和母亲分别三年后重逢。他们在梧桐树下相拥而泣，满地枯黄的梧桐树叶沉默无语。

父亲说："我不该去出差！"

母亲说："我不该去加班！"

父亲说："不该送她上艺校！"

母亲说："不该让她十二岁就离开了家。这些年来，我们并不了解她。我们不知道她在外面的生活，也不知道她都想了些什么，结交了什么朋友。"

父亲说："我不该……我不该……不该……"

母亲说："红颜薄命，那是她命中注定的劫！"

两个人还在哭泣，但已没有泪。

那以后许多空闲的日子里，两个人厮守在空荡荡的老屋里相对无言，只是眼巴巴地望着门前那条狭长的小巷。

母亲说："我们再也不哭了，我们好好过日子。"

父亲木讷地点点头又摇摇头。

麻雀为邻

母亲说:"她和我们没缘分,只能陪我们走一程。"

父亲只是木讷地点点头又摇摇头。

母亲说:"没见着尸体,说明她没有死。她一定还活着!她那么聪明的孩子,应该不会吃太多的亏。"

父亲还是木讷地点点头又摇摇头。

母亲说:"我们尽力找过她,也对得起她了。我们不再找了,我们还得活下去。要是老天开眼,说不定她自己会回来!"

父亲仍旧木讷地点点头又摇摇头。

母亲突然跪在父亲面前,哀求:"老谢,你别这样,你好歹说句话呀。你答应我,我们不再找她了,我们不再想她了,我们好好地活下去!"

父亲吃力地搀扶起母亲,终于含混不清地说:"不……不……找……找……找了……"

母亲脸上终于露出了三年来第一丝苦涩的笑意,她差不多已经不会笑了。

就在父亲答应母亲,不再寻找妹妹的那天晚上,父亲吃完饭像往常一样依傍在老屋门口,再一次目不转睛盯着小巷深处。突然,他双腿一弯,瘫倒在家门口。

四十九岁的父亲突发脑溢血，全身瘫痪，气若游丝。从此，他就没能再站起来。

三年后，父亲恋恋不舍离开了人世。他始终没有闭上眼睛，弥留之际仍巴望着门口。

父亲还在等待妹妹回家！然而，他实在是不能再等下去了！

5

一转身就是十七年，十七年了。

这一次，我们家的老屋真的就要拆了，我们儿时常常玩耍的那条小巷很快就会消失，说不定老屋门前那棵参天的梧桐树也不能幸免。妹妹没了，父亲没了，小城里我们熟悉的许多亲朋好友或者没了或者各散四方。小城已向我们下达了最后一道逐客令！我们的乡愁乡情，都将成随波逐流的浮萍。

我带走了不忍离去的母亲，在北国垒筑起我的巢穴。家的温情一定程度上冲淡了我曾经的忧伤，以及对妹妹和父亲的思念。然而，我知道，母亲的心仍旧踟蹰在不可轮回的旧时光里，她的心仍旧艰难地跋涉在寻找妹妹、父亲、老屋、小巷和梧桐树的路途中。尽管母亲在许多年前曾果敢地说过"不再寻找"。

而今，我时不时还会默默念叨："妹妹，黄土已经尘封了父亲对你的思念。但流失的十七年岁月，仍旧无法消磨掉母亲盼你回家的渴望！"

我心疼母亲，但我帮不了母亲。

我早已明了，今生和妹妹再见的可能性几乎为零。但我们还是想知道那个夜晚究竟发生了什么，那是一个谜，一个也许天也不知地也不晓没有谜底的谜！

妹妹突然蒸发了，父亲也蒸发了，老屋和小巷即将蒸发……我们不想失去也不能失去的都将失去，不想承受也不能承受的哀

痛我们已经承担。因此，我更加敬畏生命。

我悉心哺育八岁的女儿，心意恻恻地守望着未来长长的日子。不管怎么说，我还会满怀温热和期待，平淡而从容地生活。当然，我还在做着那个痴痴的白日梦：某年某月的某一天，妹妹突然摁响了我家的门铃儿。那一天，母亲仍健在。我们相拥，细细思量回家的那一里路究竟有多长。

（注：文章的"我"，是作者的邻居。）

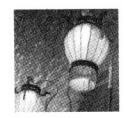

# 我不认识你，但我记得你

时间像沙漏，无情地过滤着我们的记忆。但是，某些不经意遇见的人所经历的事仍会固执地留存下来。

1

十五岁那年秋天，我在一座陌生的城市读高中一年级。

初次离家，我很不适应住校生活。尤其不习惯出早操，常常胆战心惊地缺勤。

一天早上，校长亲自出马逮不出操的"瞌睡虫"。

我睡意正浓，上铺的陈平突然掀开我的被子大喊一声："猪

猡，出事儿了，还睡？"

我立即弹起身，胡乱套上衣服，蓬头垢面冲向操场。

黑压压的人群集合在主席台前，校长正凶巴巴地呵斥那些起晚了的学生，督令班主任将他们押送到主席台上亮相。四下里兵荒马乱，情急之下我找不到我所在的班列，只好随便钻进一个班避难，立即引起了一阵不怀好意的哄笑。

哄笑声中，那个班的班主任站在了我面前。我头皮发麻，两腿哆嗦。低着头，不敢看他，心想：完了！肯定会被他揪到台上去的！

"是哪个班的？"老师问我了，声音不高也不低。

我不敢回答，腿哆嗦得更厉害了。校长那凶神恶煞的咆哮声，以及陈列在主席台前的"瞌睡虫"们，令我更加惊恐。

"别害怕！告诉我，我帮你找！"他的声音压低了些，朋友般真诚，父亲般慈爱。我紧绷的神经立刻松弛了下来，心里酸酸的，眼泪禁不住喷涌而出……

在那位陌生老师的帮助下，我很快回到了我所在的班列。从那以后，我再没误过早操。遗憾的是，当时我只看到了他的背影。多年以后，我长大成人，由南方至北国，碌碌奔走。但我始终忘不了他的背影，还有他那低沉、慈祥的声音。他对我偶然的一次包庇，却让我懂得了什么是宽容。这也成为了我长大成人后恪守的做人准则。

## 2

大三那年暑假，我在一家电脑公司打工。那天早上起晚了，我忙七慌八蹬上破旧的单车去上班。没留神在月坛闯了红灯，人和车都被扣押在岗亭下。

"没铃没闸闯红灯，你小子捣什么乱？罚款二十元！"一个年轻的交警厉声训斥。

围观的人很多，我特别难堪。嗫嚅着解释，手忙脚乱地掏钱，只望早早脱身。老板很严厉，去晚了我肯定会被炒鱿鱼。作为一个家境并不富裕的学生，我特别珍惜这份工作。摸遍了所有的口袋，仅凑得九元六角五分。

"没钱？把车留下，钱找齐了再来取车！"年轻交警一脸鄙夷不屑，根本不容商量。

我心急如焚，只好站着不动。僵持之间，走过来一位五十开外的交警。他支开了年轻交警，然后一声不响从我手中那叠零散的毛票中抽出了五元钱，迅速开了罚单，示意我推车走。

"是大学生吧？这车该修修了，小心点儿骑！"他说。

推上车，我向他投以感激的一瞥。那张罚款单我至今还保存着，偶尔翻到它，心里便涌动着暖意。以后，每当我路过月坛，就会不由自主朝岗亭张望。

## 3

1996年春节，我回四川探亲，拥挤在由兰州开往成都的列车上。

我是凌晨上的车，车厢里异常拥挤，厕所里都塞满了人。我提着行李，好不容易挤到了车厢的连接处，暗自庆幸终于找到了立足之"地"。

列车摇摇晃晃在黑夜里翻山越岭，我倚着车壁恹恹欲睡。

车过秦岭小站，又是一阵上下车惊心动魄的骚乱之后，一个中学生模样的女孩儿出现在我的视野里。她抱着书包，神色凄惶地夹在一堆乱七八糟的男人中间。她试着往前挪动，根本无法动弹。她四下打量着，哀怜的目光落在我的脸上。我的心一颤，情不自禁伸手把她拽了过来。

一路上，她别无选择地挤靠着我，泪流满面。也许是哭累了，她竟然靠在我的身上睡着了。长长的睫毛上挂着晶莹的泪珠，不时抽噎几下。那副毫不戒备的模样，唤醒了我灵魂深处固有的良善。我突然觉得她就是我妹妹，做哥哥的责任感驱散了满身疲惫。我尽可能多给她挤出一点儿站的空间，尽量让她睡得"舒服"些。

　　拂晓，车到广元，她该下车了。

　　我把她抱出车厢，她被前来接她的亲人包围住了。但她并不理会他们，流着泪追着徐徐启动的火车跑，不停地向我挥手……

　　有一首老歌唱道，"路过的人我早已忘记／经过的事已随风而去"，听起来有一种无奈的感伤。但是，有些记忆注定不会因为岁月的流逝而烟消云散，它会时不时牵系着你的意念，一如静夜中明明灭灭的星辰。人海茫茫，我们邂逅。虽然我不认识你，但我还记得你！

## 同桌"冤家"

池文炳的头奇大,看上去夸张又滑稽,同学们都叫他"大头"。

大头脾气暴躁,谁要是不小心招惹了他就像捅了马蜂窝。大家有意无意和他保持一定的距离。大头自然很孤独。

我也很不喜欢大头。我是班长,兼任语文科代表,不能不时常和他正面接触,说几句必须说的话。比如收作业本、发考试卷什么的。当我偶然发现大头居然在读《小王子》,便对他产生了好感。我敢说班上知道这书名的人恐怕没几个,我有点儿佩服大头。

那以后我常常主动找大头说话。大头起初不怎么搭理我,眼神警惕,还有敌意。我越发觉得大头身上有很多待解的"谜",

并不在乎他对我的戒备。一来二去，大头就能和我友好相处了。当我和他聊《小王子》时，他竟然还露出了少见的笑容。

"这本书我读过三遍了。"大头说。

"三遍？"我瞪大了眼睛。

更令我叹服的是，大头居然还能背出其中的许多段落。渐渐地，我和大头俨然成了好朋友。

自从我和大头有来往后，我就遇到了不少麻烦。只要我和大头多说几句话，和我关系一直很铁的那些同学就会怒气冲冲地问我："你干吗理睬那刺儿头？"

我的同桌伊苇甚至威胁我说："你要是再和他好，我就不理你了！"

"你们对大头有偏见……其实他挺好的！"我忍不住为大头鸣不平。

体育课，做完准备活动后大家就自由活动。一部分男生拥挤在篮板下抢篮球，我不喜欢打篮球，远远地站在三分线外看热闹。突然，砸在篮筐上的篮球径直冲我飞来。真是守株待兔啊，我下意识接住球，兴奋得像是一不小心中了体育彩票头等大奖。

"撞上大运了！"

"瞎猫碰上了死老鼠！"

大家嘻嘻哈哈地冲我喊。我异常兴奋，胡乱拍了几下，铆

足劲儿把篮球投了出去。糟糕！由于距离太远，球没有碰着篮板，"砰"的一声正好砸中了大头的头。就像是捅开了一个硕大无比的马蜂窝，操场上顿时笑开了锅。

"哈哈哈，中了暗箭了！"

"球碰头，头碰球，砰砰砰！"

"嘻嘻嘻，南极上看地图——找不着北了！"

……

我赶紧举手向大头表示歉意。他涨红了脸，眼露凶光，气势汹汹钻出人群，径直冲到我面前。没等我回过神来，他就不由分说打了我一耳光。"你凭什么欺负人？"大头气急败坏地瞪着我。

我被飞来横祸打蒙了，脸上火辣辣的，感觉浑身的血都奔流到了脑子里了，我的怒火刹那间熊熊燃烧了起来。

"你凭什么打人？你侵犯人权！"我嘶哑着嗓子冲大头嚷嚷，和他厮打在一起。

后来，我们都受到了班主任的严厉批评，在班会上分别做了检讨。我感到很委屈，我发誓一辈子也不会再理大头了。从此，我和大头形同陌路，直到小学毕业都没再和他说过一句话。我觉得大头是我唯一的仇人。

我和大头都以优异的成绩升入了同一所重点中学。开学那天，我惊愕地发现大头不但和我分在同一个班上，竟然鬼使神差还同桌。我苦不堪言，真是冤家路窄，哪壶不开提哪壶啊！

我和大头像是素不相识似的，谁也不搭理谁。我感觉身边

同桌"冤家"

坐着一个炸药库，没有安全感。我极力要求调换座位，但班主任不同意。我很郁闷。

地理课上，老师讲了好几分钟了，大头还在课桌里手忙脚乱找什么东西。

"你看见我的地理书了吗？"大头低声问。

我乜斜了他一眼，没好声气地回答："你问我，我问谁？"

"你课桌里让我找找？"

"凭什么？"

我和大头就这样吵了起来，我们都被轰出了教室。后来，我们又被弄到教务处受训、写检查。我咬牙切齿地写检查，狠狠地想：要是我比大头力气大，我可真得结结实实揍他一顿。大头让我蒙受了不白之冤，我想我肯定一辈子也不会理睬他了！

没过多久我和大头的座位被调换开了，总算是远离了这个冤大头，我如释重负。我们就这样熟视无睹地又同了两年学。大头依旧像从前那样没人缘，依旧很孤独。

初二下学期，大头转学了。不知怎么的，我居然很想弄清楚他为什么要转学，他去了哪里？我怎么会产生这样的情绪？我发现我对他的怨恨居然渐渐消散了。我好像突然就长大了，渐渐地把大头遗忘了。

我以优异的成绩升入了重点高中。开学那天，我在班上居然又看见了那颗久违的特刺眼"大头"。世界上也真是有如此巧合的事，我居然又和大头同桌。现在，我们都长得很高很高了。我居然很激动，像是见到了久违的老朋友。我们彼此惊讶地看了看对方，迟疑了一会儿不约而同伸出了手……

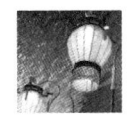

# 一盘磁带

十九岁那年秋天，我在藏北高原的一所农场中学担任初一年级的语文老师。

那是一个偏僻、荒凉的地方，我做梦都在逃离，可以说度日如年。教学之余，我努力复习，希望学校能让我参加成人高考，带薪上大学。那个遥远而辉煌的大学梦，是我唯一的精神支柱。

文科教学组的老师同在一个大办公室坐班。我刚来不多久，几乎每天都能听见初二（1）班的班主任董小燕老师抱怨班上那个叫宋小梅的学生特别难"治"。她已经向学校打报告开除她，以免"一颗老鼠屎，臭了一锅粥"。别的老师总是随声附和她，纷纷陈述宋小梅的诸多劣迹。我实在想象不出，一个初二的女孩

子能够"坏"到什么程度？

那天上午上完第二节课我回到办公室，刚进门就听见董小燕老师在厉声训斥学生："你说说，你这老毛病还能不能改？给你最后一次机会，回家把家长叫来，写了保证再上课。要是再犯，你就收拾书包走人！"董老师暴跳如雷，把桌子拍得啪啪响。她面前站着一个瘦小的女孩子，看上去还有点儿文静。奇怪的是，那女孩对董老师的举动充耳不闻，不像一般挨批的学生那样低眉顿首，而是直视着怒气冲冲的董老师，一脸平静。我从没见过这样的学生，觉得很新鲜。

我这才知道这个女孩子就是"大名鼎鼎"的宋小梅，这大大调动起了我的好奇心。她看上去真不像"坏女孩"，却何以声名狼藉？宋小梅隔三差五就被"请"进办公室受训，成了办公室的常客。教地理的刘老师戏称她是文科教研组的特殊顾问。我无意间了解到她的诸多劣迹：说谎、迟到、小偷小摸、早恋……但是，我的直觉还是难以把她和"问题女孩"画等号，我总觉得老师们对她有成见，很想帮帮她。

入冬不久，初二（1）班的语文老师家里出了事，请假一个月，学校安排我临时代他上课。那天我给初二（1）班上课之前，董老师还特地叮嘱我要小心宋小梅，说她特别欺生，去年曾在课堂上把刚分来教地理的一位女老师气哭了。那女老师觉得在学生中没了威信，就调走了。我竟然有点儿紧张，对宋小梅多少也有了些戒备。要是在课堂上被学生将了军，那的确是一件糟糕的事。

或许是换了老师的新鲜感，这堂课学生们和我配合得相当不错，宋小梅也没像董老师所预言的那样欺我的生。她坐在教室最后面的角落里，没有同桌。她听课还算认真，只是不像别的学生那样活跃。我提问时，没见她举过一次手，非常落寞。在提一个特别简单的问题时，我有意让她回答。

"老师，您怎么叫她？她什么都不会！"我没想到许多学

生竟然着急地冲我喊。他们的目光都不约而同集中在宋小梅身上，尽是嘲笑和不屑的表情。我无法忍受大家对她的歧视，示意大家安静，然后鼓励她说："没关系，好好想想？"

宋小梅没能回答上我提出的问题，我也没再叫别的学生回答。我一边说出了答案，一边示意她坐下。她的脸涨得通红，那节课她没再抬起头。

那以后我发现宋小梅竟然有回答问题的渴望。但她明显缺乏自信，老是刚把手举出桌面就缩回去了。我依旧给她一些回答问题的机会。有一天当她终于回答上了我提出的问题，我随口表扬了她一句，她竟然趴在桌子上哭了。我觉得这孩子真是与众不同。

批改作文的时候，我意外发现宋小梅在作文后面给我写了几句话：以前，所有的老师都不叫我回答问题，我以为您也和他们一样。没想到您总是点名让我回答问题，我感谢您。我想对您说声抱歉，那天在课堂上我本来想故意把桌子弄翻，给您制造点儿麻烦。因为您竟然让我回答问题，所以我没那么做……老师，我觉得您好像不快乐……

我没想到这孩子竟然这么复杂，小小年纪就心理如此扭曲。

想到她还算坦白,也就没把这事儿放在心上,装作什么都不知道似的。

我照样让宋小梅回答问题,她的作业也有了一些进步。但是,她依旧是办公室的常客。每次挨批,只要我在她面前一晃,她就立即会羞愧地低下头。我就是不明白,这孩子究竟是怎么回事儿。不过,我得忙于复习备考,也没有精力过多过问她的事。

有一天晚上校长突然找我谈话,说学校目前师资相当紧张,在三年合同期内我没有机会深造。我据理力争,态度决绝。最后,校长向我摊牌:"你可以参加考试,前提是你得先辞职。"

那一夜,我思前想后,几乎一夜没合眼。

第二天,我带着情绪给初二(1)班上课。我无意中发现宋小梅不用心听课不说,还时不时摆弄着一盘磁带。我不由得火冒三丈,大声呵斥:"宋小梅,把东西交上来!"

宋小梅怯生生地把那盒磁带交到了讲台上。下课铃声一响,我就卷着教案离开了,没在意那盘磁带。

午休时，我发现宋小梅又在办公室受训。见我进来，她瞪了我一眼，依旧直视着怒气冲冲的董老师一言不发。我的心一颤，静静地坐在办公桌前，想弄明白她究竟犯了什么错。

这时候董老师走到我面前，把那盒磁带递给我，说："张老师，这可是你抓到的证据！"然后，她走到宋小梅面前语气平静地说："看看吧，这是你写的保证书，你家长也签字了，没什么好说的了，自己收拾书包走人！"

我突然很难过，想替宋小梅申辩，却不知道怎么说。这是一盒小虎队的歌，我漫不经心地打开磁带盒，居然发现里面有一张纸条：张老师，送给您这盘磁带，愿您每天都过得开开心心，早日考上大学。

那一刻，我百感交集。

第二天，我就听说学校把宋小梅给开除了。我找校长替她说情，但已于事无补。我内疚、自责，难以言表。

我无意间点燃了断送宋小梅学习生涯的导火索，虽然那已是发生在很多年前的事了，但至今还令我不安。

那是我心中无法抹去的暗影。

## 一辈子就听了您一句话

我的妈妈是一个特别传统的女人,完全符合中国典型的贤妻良母标准。她温柔、柔弱、善良、勤快,不但对所有的长辈孝顺有加,而且对丈夫关怀备至,甚至对我也言听计从,好像从来不曾做过违背我心愿的事。哪怕是我的无理取闹,妈妈皆会一一满足。妈妈拿我没一丁点儿办法,甚至有点儿怕我。凡事一味妥协、退让,无原则顺从他人,是妈妈性格的基调。

亲朋好友左邻右舍常说,我的长相和妈妈几乎是从一个模子里刻出来的。不过,我的个性和妈妈截然不同,完全是冰火两重天。我性子急脾气倔,是那种无法形容的倔强。但凡我认准的事,即便在南墙上撞得头破血流都不愿回头。

小时候我非常迷恋上学，小小的我不知何故笃信：一个孩子如果不去上学，那简直是一件多么不可思议的事情啊。即使生了重病，我也会坚持到校。妈妈自然束手无策，只得提心吊胆任由我拖着病体去学校。因此，那些年爸爸妈妈特别担心我生病。我生病似乎并不可怕，更为可怕的是我的执拗。

上幼儿园大班那年夏天，香港遭遇特大风暴，全港的人好像都待在家里休息，可我依然嚷嚷着要回学校上学。

妈妈苦口婆心："果果，听话啊，幼儿园关门了呢，所有老师和小朋友都在家里躲避暴风雨。今天真的不用上学了哦。"

我哪会听妈妈的劝说，笃定回学校。

妈妈那天正好胃痛得腰都直不起来，根本无法陪着我回学校。妈妈急得眼泪汪汪，可我仍旧不为所动。妈妈知道自己从来不曾战胜过我的倔脾气，只得胆战心惊地看着我背着书包走出了家门。

暴风雨确实太凶恶了，走出楼道，小小的我根本无法站直。

我挣扎着走了几步,就被风刮倒了,那把心爱的红色小伞也被风刮跑了。好不容易爬了起来,只能眼巴巴看着小伞被风抢走。没办法,我只好回家。

妈妈喜出望外。可是,也许她无论如何不会想到,我一进门就说:"妈妈,家里还有伞吗?快给我一把伞,我要去上学!"

因为妈妈坚决地说"真的没有伞了",我才放弃了继续回学校的念头。稍大一点儿,我明白妈妈欺骗了我。那应该是妈妈唯一一次战胜了我的执拗。

我上小学三年级那年妈妈生了重病,我不明白"重病"意味着什么,全然没有意识到妈妈将永远离开我。我照样每天去上学,只是偶尔去医院看看妈妈。和生病的妈妈相比,我自然认为上学肯定更为重要。

我每次去看望妈妈,妈妈搂着我总是泪眼汪汪。

我不明白妈妈为什么那么爱哭,又不是小女孩,简直还比不上小小的我呢。我打小就不爱哭鼻子,爷爷奶奶经常夸我坚强得像个小大人。

妈妈总是噙着泪对我说:"果果,你一定要听爸爸的话,一定要好好读书,将来一定要考上大学。只要你出息了,妈妈在另一个世界就会开开心心。"

考大学,对于那个年龄的我来说实在是太遥远了。反正我对上大学没有任何感觉,而且,我觉得妈妈说的全是废话,简直笑死人了。

我当时一定毫不在乎,妈妈一定感觉到了我流露出的鄙夷不屑。那,确实犀利。对于一个行将离开人世的母亲来说,女儿的冷漠是何等残忍的伤害和打击?也许,少不更事的我无意中令病危的母亲雪上加霜。

以后若干年,只要一想起当年的情境,我就心意沉沉。恨不能让时光倒流,恨不能狠狠抽自己几个大嘴巴子。

"常言道：'女儿是母亲的贴身小棉袄。'而我，究竟充当了妈妈的什么角色呢？"我偶尔会责问自己。

妈妈离开人世后，懵懂的我似乎没有太多的伤痛。我照样一心一意上学，回家就认认真真写作业。然而，没有妈妈的照顾，我的学习成绩很快一落千丈。虽然我还是特别迷恋上学，但我并不把学习当回事儿。人虽然在学校里，心却不知道在何方飘摇。这种心猿意马浑浑噩噩的状态，一直持续到我上初中二年级。

爸爸很着急，但他不想给我太多的压力。毕竟，爸爸怜惜我没有妈妈。一个没有妈妈的女孩能够健康长大已经相当不错了，学习不好也不会天崩地裂。

某一天我放学回家，独自在银杏路上摇摇晃晃，不知怎么

的突然想起了妈妈多年前病重时泪流满面的叮嘱。就像长睡之后猛然被惊醒，我这才意识到妈妈真的永远离开了我，这才意识到其实我一直没有忘记妈妈。更让我难以释怀的是，这辈子我竟然从来没有听过妈妈一句话。

"妈妈给我当妈妈是多么多么失败啊！"我默默地念叨。

也就是在那一瞬间，我便牵肠挂肚想念妈妈，疯狂地想在妈妈面前做一回乖乖女。可是，"曾经沧海难为水"，所有的心愿都只能是永远的遗憾。

我泪流满面地回到家，爸爸紧张得六神无主。

"爸爸，从现在开始，我要努力学习，考上大学。"我噙着泪向爸爸保证。

像是突然论证出了牛顿定理那样的难题，爸爸高兴得语无伦次。他反复揉搓着手，说："果果，只要……只要你尽力了……就好……就好……我们果果真的懂事了，长大了……真好……真真好……"

从此，我在愧疚中反省，并化愧疚为前进的动力。我叮嘱自己："这辈子我一定要听妈妈一句话，即使她和我已经阴阳两隔。只有考上了大学，才能满足妈妈的心愿，才算是听过妈妈的话。"

也就是从那一天起，我洗心革面，发愤读书，终于考上了大学。在所有熟悉我的人看来，那真是一个奇迹。

妈妈，这辈子女儿总算听了您一次话，虽然只听了您一句话，虽然是在您去世之后的若干年。您的在天之灵一定感受到了吧？您一定在天堂里笑得合不拢嘴吧？

（本文取材于我的香港学生讲述的亲历故事）

## 爸爸,您结婚了吗?

十多年前某一天,我在报纸上偶然读到一篇小文章。报纸和文章的题目我都不记得了,但文章里讲述的"无言"的父子情,却令我至今难忘。

因为长期两地分居,"我"和妻子劳燕分飞,上初一的儿子判给了妻子。"我"出差来到前妻和儿子居住的城市,非常想看看许久不见的儿子。火车深夜十点到站,第二天"我"必须赶往另一个城市。那天不是周末,儿子第二天一大早还得上学,留给父子俩共同的时间顶多一个小时。

前妻已经再婚,登门拜访诸多不便。"我"只好把儿子约出来,在他们家附近转悠。虽然好长时间不见面了,儿子和"我"并不

生分。儿子随"我",沉默寡言。我们手牵手,在小区里一圈一圈转。继父对儿子不错,儿子妈妈待他自然没得说,"我"似乎没有为儿子担忧的理由。加上"我"常年不在儿子身边,只不过充当了儿子生理学意义上的父亲。在儿子面前,"我"除了内疚,就是自责。"我"没有资格,也没有勇气叮嘱儿子"听话""好好学习",虽然"我"一直对他牵肠挂肚。

　　小区里非常安静,似乎只有我们父子俩。我们的手紧紧扣在一起,虽然我们很少说话,但我们的身体语言表明都不愿分离。血缘消融了久别的隔膜,父子之间的灵犀和默契,令"我"恐慌时间匆匆,悲从中来。

　　昏黄的路灯下有个老太婆在卖柚子,"我"不假思索买了两个最大的。那一瞬间,"我"想把口袋里所有的钱都给儿子,虽然"我"明白儿子并不缺少零花钱。儿子抱着"我"给买的柚子,爱不释手。我们坐下来,囫囵分享柚子的馨香。

　　"我"还是想对儿子说点儿什么,可"我"不知能说啥。儿子学习优秀,向来乖巧、懂事。尤其是对"我",可以说很偏爱。以往与他妈妈发生不愉快,儿子总是站在"我"这边,甚至冲他妈妈嚷嚷"不准欺负我爸爸"。

　　一个小时很快就过去了,儿子妈妈打电话催促他回家,儿子没有离开的意思。唯恐耽误儿子休息,"我"只好起身告辞。

　　儿子主动扣住"我"的手,站住了,认认真真看着我的脸,小声问:"您结婚了吗?"

　　"我"吞吞吐吐:"快……快……了……"

　　"哦,那就好!"儿子眼波流动,"那个人不会像妈妈那样欺负您吧?"

　　"不会!"我斩钉截铁回答。"儿子,回家吧,太晚了,你明天还要上课!"

　　"我"撒开手,扭头离开。

"我"不敢回头,害怕儿子看见"我"已眼睛湿润。

走出小区大门,"我"站在一棵槐树巨大的阴影里,百感交集。"我"不好意思说,儿子的两句话,让"我"泪流满面。

"我"的手又被扣住了。儿子没有回家,一直跟着"我"。我们在槐树下依偎,默默地看夜色越来越黏稠。

儿子妈妈在电话里吼开了,我们不得不松开了紧扣的手。

"爸爸,无论如何,您要快乐!"

……

这便是这部小说的故事原型。我的第一篇短篇儿童小说《爸爸,您别泄气》,也是在此基础上写就的,刊发在《儿童文学》2000年第4期"文学佳作"上(头条)。该小说获该杂志年度最佳儿童小说奖。责任编辑汪玥含曾给予点评:"小说一点一点地、口语地写出了少年汤可可自身的感受,以他的目光看世界,以他的语气说话,以他的方式处理问题,从情节到心理描写都是如此。这是作者的一种创新,不把自己置身度外,而是完全投入角色之中,真实细腻地展现少年汤可可的内心世界。让读者,特别是与汤可可同龄的男孩读者更能得到共鸣!"

小说发表后,不少读者来信,询问那对父子后来怎么样了。

于是，我接着写汤可可父子的故事，从而完成了我的第一部长篇少年小说《蓝调少年》，并于 2004 年出版。从此，我与儿童文学结下了不解之缘。

　　七年过去了，回头看这部小说，我很不满意。小说最大的硬伤在于，行文相当啰唆。因此，此次修订，我颇下了一番功夫。修改自己的作品的确不是一件容易的事，能发现自己作品的诸多不足，一方面说明我曾经创作的粗糙，另一方面表明经过多年历练，我还是有了一些进步。

　　不知道我还能写多久。不过，只要还有感动，还有激情，我还会一直写下去……

　　昨夜暴雨倾盆，我辗转反侧。突然有了灵感，给这部小说一个全新的名字——《有风也有雨》。

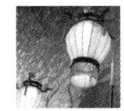

# 花季的叹息

——致弟弟

  记忆中我们总是相互排斥而又相互吸引地朝夕相处。

  那时候,我常以兄长自居,高傲地面对你。你总是嘲笑我名不副实,因为每次摔跤,我准成你的手下败将。为此,我们之间一直存在着一层微妙的隔膜。尽管如此,你仍然是我的影子,我走到哪你跟到哪。我常骂你是跟屁虫,你好像并不在意。我每次惹是生非,你肯定是"帮凶"。当然,每次我挨打遭骂,你也难于幸免。

后来，我突然以惊人的速度疯长。有意无意我总忍不住向你炫耀猛然间超过你的个头和力量，你眼巴巴地望着我这个"庞然大物"，心甘情愿任我叫你"矮脚虎""矬子"什么的，或者干脆想咋叫就咋叫。你并不反抗，竟然把我当作了你的依靠，对我服服帖帖。那时，我在你面前可是出够了风头。于是，我们间的隔膜消失了，面对母亲的责骂和父亲的竹鞭，我们心照不宣地结成了统一战线。我甚至教你背诵课文里的诗句："任脚下响着沉重的铁镣／任你把皮鞭举得高高"，以示对挨打的抗议。

渐渐地，你也开始疯长，好像突然有了很多小秘密。我总想走进你的秘密空间，而你却千方百计躲避我。你偷父亲的烟吸；你逃学打架；你总是趁父母不在家时，明目张胆地抗议父母授予我的"支配权"——不听我的"管教"大玩特玩；你尤其喜欢在盛夏时节顶着炎炎烈日戴一顶破草帽去河边钓鱼……我毫不留情地告发你，你挨骂吃耳光背荆条，号哭着告饶请求宽大处理少挨两下。然后，你抚摸着伤痕背着父母用最难听的话骂我，扬言从今往后要揭发我任何一种违反家规的言行。我气得要命，为了维护我做兄长的尊严，我以绝对的身体优势对你实施"武力征服"。好汉不吃眼前亏，你便耍弄贫嘴说"君子动口不动手"，我当然不买你的账。你见"战争"已无法避免，便抖擞精神毫不胆怯，大有拼个鱼死网破的壮烈气概，反倒令我望而生畏。

那时候，我在学校里很优秀，我也希望你同样优秀。我不想有一个不优秀的弟弟，觉得很丢人。因此，我曾费尽九牛二虎之力教你背诵唐诗宋词，希望能把你培养成一名令人欣羡的"小作家"或"小诗人"什么的。可是，在三分钟的狂热之后，你就没心没肺地把我珍爱的诗集变成了"纸飞机"或"炸药包"。我伤心失望得几近吐血，痛心疾首地对你大打出手。于是，吵架干仗又成了我们每天必不可少的"家庭作业"，每一次我都震慑于你那股子"初生牛犊不怕虎"的拼劲，每一次我都为你不懂为兄

一片苦心而默默垂泪。而你丝毫不领我的情，居然冲我做鬼脸，哼一句"小妹妹呀泪流成河"，雪上加霜地气我。然后，在我怒不可遏的追打中你一溜烟亡命奔逃，我只能望着你可恨的背影捶胸顿足。

  我常以我优异的成绩为资本贬低你激将你，我把白痴、弱智、木头疙瘩、猪脑子等等不堪入耳的词语统统砸向你，企图唤醒你那其实很聪颖的灵性。但你的自尊和上进心都极皮实，不为所动。而且，在我因为重病一场而高考受挫之后，我再无颜在你面前炫耀。但是，我依然竭力督促你的学习，只是不再有那么一种让你极为反感的傲慢之气。你也就不再用"你行，为什么考不上"的锋利来刺激我本已血迹淋淋的心，斗嘴打架渐渐成了绝对的"过去式"。从此，我们不再同居一室，你也不会再因为晚上"怕鬼"不敢独睡，而死乞白赖地钻我的被窝。我也再没有雅兴针对你的这个弱点要挟你为我服务，干你平时最不愿意干的事。我们各自

麻雀为邻

装饰着自己的小屋,尽可能地锁住了自己的秘密。我们好像越来越陌生了,在一起时话也越来越少。

后来,我真的长大了,不能再待在家里了。那年秋天清晨,你站在村口的那棵老桑树下为我送行,我第一次感受到你不忍我离家,为我伤心落泪的依恋。握住你的手,深情地注视你那张还没有褪掉稚气的脸,我哽咽着说:"你要努力学习,考上大学!"我走了,留下孤独的你,但带走了我们之间的那些生动的故事。

没想到,我们兄弟之间朝夕相处的缘分就这样结束了。当我身不由己背井离乡,不由得回过头搜寻那段手足之情,我总沉溺于我们远去的童年时光。你的身影总在我的记忆中摇晃,我多想能够再和你斗嘴干仗……

今夜,读父亲的信我泪流如注。弟弟,你为什么要弃学打工?我在斗室里发狂,为你的愚蠢无知,为你不成熟的成熟,为家庭拮据的境况,为我自己的手长袖短爱莫能助。我恨不能立即出现

花季的叹息

在你面前，骂你揍你然后抱着你和你一起失声痛哭。弟弟呵，从此，我对你的企望化作了永恒的叹息。

弟弟，世界很大，光怪陆离。而生活之路时常很狭窄，充满艰辛和坎坷。你把十六岁的花季投入了人生的赌场，注定只能落得个输得精光的结局！

有好多的话要对你说，有好多的嘱托要对你叮咛，所有的焦灼所有的担心所有的告诫都成了不能解近渴的远水，面对这昏黄的灯光，我只能在纸上对你说：赶快背起草绿色的书包，回到学校。

弟弟，此刻，我只想立即出现在你面前，骂你揍你和你一同痛哭。然而，关山阻隔，时空寥廓，你在哪里？

昨天北京大雪，

天地浑茫。

深夜我讲完课驱车回家，

雪光月华将偌大的车场照耀得如同白昼。

几只流浪猫在雪地里奔跑，

数只寒鸦在车场外的白杨林上空盘旋悲鸣……

D卷　语芫

昨天北京大雪，
天地浑茫。
深夜我讲完课驱车回家，
雪光月华将偌大的车场照耀得如同白昼。
几只流浪猫在雪地里奔跑，
数只寒鸦在车场外的白杨林上空盘旋悲鸣……

# 开学第一天的小感动

　　本学期第一周，我今天上午和晚上有课。每逢新学期，总会遇见一张张新鲜的面孔，期待连着欣喜。

　　两个月时间没在早上六点起床了，确实非常难受。八点就得上课，上课是体力活儿，强迫自己吃早餐，如同小时候吃药。

　　六点半把自己轰出门，路上不拥堵，居然三十分钟就行驶到了学校。

　　这是个留学生班，韩国学生居多，还有零星的非洲、东南亚和日本等地的留学生。那个来自喀麦隆的黑大个儿，普通话相当不错。一部分韩国学生不怎么遵守纪律，迟到或早退。好的开始是成功的一半，我和他们约法三章。一味约束学生遵守基本师

生礼仪，未免有失师道尊严。

中午心血来潮，去学生食堂吃饭。人可真不少，还算有秩序。毕竟是大学，而且是师范大学，学生的整体素养很高。转了一大圈，饭菜的品种比我当学生那会儿丰富了许多，超便宜。很饿，但没什么食欲，可能对集体食堂的饭菜有成见的缘故吧。要了个木耳肉丝，外加二两米饭，找了安静的角落，没滋没味，敷衍肠胃。

旁边坐了两个小男生，一看就是大一新生，还是道地的娃娃样，满脸满身的稚嫩。他们好像对我吃的东西很感兴趣，小声议论"吃的木耳炒肉"。

"叔叔，不好意思，打扰您了。"我斜对面那个男生突然和我搭话。"我感冒了，吃不下这个鸡腿了。您看，能不能帮我解决一下？如果您不介意的话，我没动过的。"他的态度非常诚恳，好像已经冒犯了我的尊严。乖乖，现在的学生还真富有，买了鸡腿白送人，还得乞求他人笑纳。

我只对土鸡肉感兴趣。但不想辜负了他的好意，没准儿他同情我这个吃得如此简单的叔叔呢。我略微礼节性地犹豫了一下，便欣然接受，并大口啃了起来。多么可爱的孩子，多么没有戒心的孩子。他似乎还不怎么了解，当下许多人对陌生人是极为戒备的。倘若我不接受，他有多难堪？

"叔叔，您是老师吧？"他继续和我闲聊。显然，他很高兴我接受了他的好意。终于有点儿得意了，在这座校园里，再不会被人当作是学生了。当然，那也确实说明，我确实有点"老"了。当他得知我是九十年代初来北京上大学的，他的嘴张成了O形。

意外收获，一个人的午餐有了些生趣。

上个学期的某一天，我独自在集天吃饭。服务员给我上了一盘水果沙拉，我说上错了。她说没错，是某几位女生专门为我点的。太出乎意料了，赶紧过去向她们表达谢意。没有一个能叫出名字的，也不是特别熟悉的面孔。那天我只要了一个米线，每

次上完课，都不怎么想吃东西。看来，同情我吃得简单的学生还不是个案。不过，这一个鸡腿和一盘水果沙拉的馈赠，就足以让我感动几下下的。看来，做教师确能收获不少幸福感。我会继续努力，恪尽职守，只为这偶遇的小感动。

晚上有课，下午正好去体育馆打羽毛球。球毕，一身臭汗，赶快去学生浴室除污。十几年没进过学生澡堂了，操作程序两眼一抹黑，只得求助于身旁的学生。那个我没看清面孔的学生，热情、细致地指导我，又让我感动了一下下。象牙塔，毕竟还是象牙塔，尽管这里面也发生了一些令人遗憾和痛心的故事……

真的很庆幸，我能在这座园子里读书，成长，然后教书，终老。我一定不能让传说中的职业倦怠感侵袭我。一定！

开学第一天的小感动　　107

麻雀为邻

## 生活在别人的城市

意外收到一封信，笔迹和寄信人地址都很陌生。看落款：妹明华。好一阵苦思冥想，方才恍然大悟。明华是我最小的一个堂妹，因为天各一方，两家人差不多断了音信。因此，明华于我来说是陌生的。

"我现在成了一名打工妹。北京这地方不好混。希望能尽快得到您的回音。"字迹认真而稚气，言词简约而仓促。

我有点紧张，也有些害怕。偌大一个北京城小小明华何以立足？况且还是一个单身女孩子？心里不禁产生了责备之气。好好的不读书不待在家里，跑出来折腾个啥？拨通了电话，明华的声音带着哭腔。我不知道该和她说些什么才好，匆匆约了见面的

时间、地点。挂了电话，心绪灰灰的。

竭力搜寻明华的影像，零零散散，若有若无。童年时，我曾寄养在她家。那时的明华还是个两三岁的小不点儿，最爱哭也最能哭。大人们出工，她老想跟了去，若不遂意，就大哭不止。她的哭声倒是令我记忆犹新。大人们什么时候收工回家，她就什么时候才打住，这期间音量不会减弱，而且始终充满感情。大二那年寒假，我去他们家小住，明华已上初三，成绩不很理想。提起小时候她爱哭，明华羞怯地否认。她给我的印象是：满腹心事，郁郁寡欢。她看我时眼里流露出羡慕的神色，我懂得她心中的波澜。上大学对山里的孩子来说，那是一个飘浮的梦。不知不觉，三年又过去了。其间，我忙于毕业分配，忙于准备参加研究生入学考试，也就无暇过问明华的情况。没想到，我们再一次见面，却是在这远离故土的北京。

如果不是有约在先，我们即使在北京天天照面也会熟视无睹。眼前的这个叫"明华"的女孩子喊我"哥"，我且惊且喜，还有点儿不适。变化太大了，见面前我也料到了，但见了面还是

生活在别人的城市

麻雀为邻

免不了要吃惊。稍稍留神，也能从明华的脸上找到我们家族的标记：面庞依稀有奶奶的影子，而鼻子有些爷爷味。

漫无目的走在大街上，满街人潮淹没了我们。我的心里很不是个味。或许，在明华眼里，我这位闯了五年北京的兄长，该是她的依赖和避风港吧？可是，我除了学校和书外，同她一样也是一无所有。我眼中的北京，只是我生命中的一个驿站，她的繁华和大气，于我来说，迷离而缥缈。我只能领了妹妹在没有家园的城市里徘徊，彼此用乡音寻找一份亲情和依赖。

想对妹妹说，外面的世界不好亲近，但又唯恐危言耸听，浇灭了她心中的企望。想劝她回家，话到嘴边，却出不了口。曾几何时，我做梦都是在外面飞翔，我有什么理由毁了她的梦想呢？想对她说生活不容易，要照顾好自己，但看看她那时而阴郁时而镇定的神情，我知道说什么都是多余。这么多年了，我自己也没有找到理想的活法，依然不知道怎么活才是合理的，所以有愧于指示她。对这光怪陆

110　生活在别人的城市

离的社会的理解，一直"隐居"在象牙塔中的我，只是隔岸观火，可能远不及在激流中沉浮的她。

　　分手后，在街道的拐角处我回头看她，她仍旧站在站牌下，公共汽车来了好几趟，但她并不上车，呆立在原地，若有所思。我牵肠挂肚，几欲走回去，终是忍住了。妹妹，同在这大都市里，我们走着自己的路，不可能朝夕相见，卑微的我们，彼此都帮不上忙，只能相互祝福了。你好好走你选择的路吧，兄长不会妄加干涉。疲惫了，想哭了，就打电话给我吧！但你得明白，路，只能自己走啊！

麻雀为邻

# 十年光阴的重量

　　小城低矮的天空依旧阴沉着脸，飘着雪雨。
　　沿着记忆的街景踯躅。依旧是拥塞而泥泞的街道，三轮车蚁蝼般蠕行，林立的高楼恰似暴发户们那自以为是的脸，把记忆中的那些街景涂抹得支离破碎。当年那个少年惊奇而妒忌的目光，还残留在某一爿蓬头垢面的小店铺里……
　　坦白说，我厌烦这小城了，我厌烦这总是湿漉漉黏糊糊的一切。我又不得不回来，这儿走走，那儿看看，否则我无法整理远在他乡时的那些纠缠不清的牵挂。想象不出别人的乡思是用什么颜料写意的，没有哪一种颜料适合我，我愧对自己。不曾想，当年只身远走的少年，他回望的目光穿透岁月之墙，呈现的却是

嫌恶和鄙夷。

不回来我坐卧不宁，一拿到返程的车票我就后悔。

一个人怎么可以活到数典忘祖的境地？我不敢大大咧咧地说出来。

风夹着雨雪包裹着那个匆匆归来的疲惫身影。

小城里依旧有那么那么多的人，我还操着和他们一样的口音，但那种声音是陌生的，耳鼓很不舒服。有一天，我开始思索，首先否定的就是那个远隔千山万水令我魂牵梦萦的地方——那个地方的昨天和今天都很寂寞，外面的人很少有知道的，它抽象而成为我心中的一种幻象。想到别人的那些让我敬仰的故乡，我常莫名地愤愤不平。

那简直是没有道理的，我明白。

中学毕业时，我们忙乱而恐慌。那时，我们正值花季，知道"珍惜"的意义，但我们不知道如何对待它，中学时光在我们刚刚"识得愁滋味"，还来不及忧愁，就留给我们一个匆匆远去的背影。

那年的七月九日那天下起了瓢泼大雨，写完最后一个字，走出考场，神经差不多就断了。和你在宿舍里寂寞地坐着，结局写在脸上，我们什么也没有说。你家里的人开车来接你和你的行李，马达声很快就消失在雨雾中。想起来，我们似乎没说"再见"。宿舍空荡荡的了，也寂寞着。

外面是疯狂的雷鸣，还有雨声……

小城里我认识的人本来就不多。走了这么久了，那些认识我的人在我的眼前来来往往，可我却一脸茫然。可是，许多年前的许多面孔许多声音许多故事，还存储在我的不为人知的角落。时间的确可以轻易剥离生命的华服，但是有的东西不必在意，却可以抗拒时光的潮汐。对于一个骨子里沉潜着"回望"情结的人来说，留下来的那些与我相关或不相关的记忆，都很重要。那是永远的乌托邦，挂满了金色的流苏。

麻雀为邻

没有一点儿办法！

脸上堆满了笑，眼里流窜着审视、探寻的渴望。一别十年，重量几多？东问问，西说说，未待解答，却又跳脱如朦胧诗人手中的那些意象，没有韵脚。

话题很快就进入了"现实"，笼罩在你心头的那张生活的"网"，也是我的，但我不愿提及。十年岁月中的你我，一如忘却在晓梦中的梦影，似乎没有任何内容了。我只想你能陪我，陪我穿过长长的时光隧道，徜徉于我们的花季。我关注的是那个忧郁而多情的少年，他和他的那些油画被岁月抛掷在什么地方了？

小城没有关窗的习惯，室内室外是一样的温度，我感到冷得不能再坚韧地坐着。明知道不礼貌，我还是忍不住来回踱步。你侍弄着你那不停地叫吃要喝的小小孩儿，忙里偷闲与我交谈。你单位那不断轰鸣的机械声不知疲倦地涌进你的房间……我心里已是很烦的了，想马上就离去。

这就是你的家！我过惯了独走天涯的日子，我还不习惯有这么一个家。这种家味，我很不适应。如果我将来的家是这么个样子……我不敢往下想！

我接受不了，曾经那个老师不让他画画就急得掉眼泪的少年，现在他对画画已经没有任何兴趣了。他曾经的那些灵异的禀赋，早已化作了"养家糊口"的焦虑。我们已没有多少可以挥霍的东西了，包括那些变幻不定的青春的情绪，可是我们都还没有"立"起来。你过早地承担起了我们都无法逃避的世俗负荷，无可奈何而又心甘情愿。

你是我的一面镜子，我不敢对着你顾影自怜。

我微笑着走下这座灰色破旧的高楼，你抱着你的小小孩儿向我挥手说"再见"。其实，"再见"是个什么东西？她乜斜的眸子蛊惑着你我匆匆流淌在岁月的长河里，等待复等待。真的能守望到再见的那一天，才发现等待中的那些情绪，渴望"再见"

十年光阴的重量

的那些瑰丽的色彩，都不过是自己的镜中之像。

我们被欺骗了！

十年的重量没有重量。

天上飘着雪雨，小城在嘈杂的灯影里昏睡，我在寂寞的街巷里徘徊。

你小屋里的灯火该灭了吧？是否会失眠在妻儿的呓语声中？而我，我找不到那盏唤我回去的灯影……

麻雀为邻

## 瞬间的蜕变

父亲二十四岁那年做了父亲，生下了我。然后，他就去另一座城市上大学。

大学毕业后，父亲被分配到远离家乡的城市工作。他是做外贸的，长年奔波在外，很少回家。

小时候，我对父亲没什么感觉，也可以说完全没有"父亲"这个概念。父亲偶尔回家，我只当家里来了客人，他不过是一位陌生的"叔叔"而已。那个年纪的我，自然不会明白父亲之于我和我们家的意义。在我的童年时代，父亲就像我转瞬即可忘记的一道练习题，甚至不可能与我玩过的弹珠什么的相提并论。

某一年，父亲探亲回家。他第一次认真地检查我的作业，

发现我把作业写得一团糟,考试成绩惨不忍睹。盛怒之下,父亲扇了我一耳光。那是他第一次打我,好像也是他迄今为止最后一次打我。

那时,我正值自我意识和反叛意识疯长的年龄。面对一个"陌生人"的暴力,我自然每一个毛孔都不服气。我哭着质问父亲:"你凭什么打我?你有什么资格打我?你经常不在家,我都见不到你,你从来不陪我写作业,从来不陪我玩儿……"我的质问竟然让父亲化愤怒为微笑,他抚摸着我的脸,向我说"对不起"。

不久,父亲就辞去了工作,调回我们家所在的城市,回到我和妈妈身边。当然,他付出的代价,不仅仅是工资收入少了许多。因为可以和父亲朝夕相处,我们的关系日渐融洽。他不是那种威严的父亲,似乎可以把所有的心思都花在儿子身上。他自然熟悉我所有的学业情况,甚至会全身心陪我玩男孩爱玩儿的各种东西,包括喜欢陪我看我喜欢的电视节目,还能像同学或哥们儿那样和我眉飞色舞地探讨。那些年,我不觉得他是我父亲,完全把他当作我的同学或哥们儿。都说儿子和父亲之间始终会保持着一种微妙的距离,但父亲和我之间是没有距离的。

麻雀为邻

自从和父亲日日耳鬓厮磨，彼此太过熟悉。我常常在他面前非常放肆，没大没小，会很自然地叫他的名字。比如，我会像嚷嚷同学那样冲他喊叫"姜华，帮我削铅笔""姜华，帮我拿根香蕉"。等等（父亲名叫姜华）。他从不气恼，总是每求必应，似乎很享受我这样叫他。后来，我读到著名作家汪曾祺的散文名篇《多年父子成兄弟》，我更加感念我和父亲之间难能可贵的情缘——是父子，更像兄弟。我和父亲之间除了拥有生理（血缘）意义上的父子关系外，其间还夹杂着"兄弟"情谊，不能不说是前世修得的福分。更为庆幸的是，即或在我处于狂妄不堪的青春叛逆期时，我都明白我有一个幸福的家，我拥有一个兄弟般的好父亲。

大学毕业那年，我在北京找不到合适的工作，一直很郁闷。父亲时常打电话给我，询问我的情况。他总是安慰我说："没关系，不着急，慢慢找。家里还有钱，可以养着你。"父亲平和、自信的话语，安抚了我焦躁的心。作为一个二十一岁的男孩，可以背靠着父亲这座伟岸的大山，我很快就把找不到工作的惆怅抛散到九霄云外。反正父亲说有能力养着我，我就当自己还在继续读书。

毕业前夕的某一个星期，父亲破例几乎天天都会给我打电话。拉拉扯扯，问这问那。临了，总会问我想不想家，是否需要马上回家一趟。我隐约感觉他有点儿不对劲儿，但处于毕业亢奋情绪中的我并没有深究。某一天，我幡然醒悟，主动打电话给父亲，问他是不是有什么事，他爽朗的笑声扫除了我心头的疑云。不过，我还是多了个心眼儿，打电话询问姑姑，方知父亲的左肺上发现了一个肿瘤，需要开刀治疗。父亲平时很注意保养，身体一直很健康。他有一个同学在医院当院长，他动不动就去那家医院体检。因为可以免费，他常常从头到脚占尽了那家医院的便宜。这一次，为他做体检的是一位实习医生，做得特别仔细，就意外

瞬间的蜕变

发现了那个肿瘤。

我火速回家。除了父亲，家里所有的人都愁云满面。父亲倒是一如既往地乐观，他安慰大家："不要紧，一个小小的瘤子，多半是良性的，割了就没事了。"父亲的乐观感染了我，我仍旧没感到事态的严重。

父亲是微笑着被推进手术室的。一家人神色凄凉，好似生离死别。我还是没有太大的压力，感觉父亲不过是进去做一次体检而已。可是，当医生打开他的肺部，发现那竟然是一个已经癌变的恶性肿瘤。如果不把整个左肺切除，后果不堪设想。因为需要得到家人的签字认可，父亲的手术暂停了。母亲闻此噩耗，当即就瘫软了，被人扶着都无法勉强站起来。这个一贯很干练很有主见的女人，一瞬间就六神无主了。她除了哭，只能哭。她已经无法完成在手术书上签字这样的高难度动作。

当父亲被推出手术室时，我看见他浑身上下都插满了各种管子，说话有气无力。那个一向健康、乐观的父亲突然不见了，看上去非常可怜。我的眼泪顿时"哗哗哗"倾盆而下。父亲微笑着对我说："你别哭啊，你哭什么啊，我还没死呢，我还不会死的。我即使死了，你更不能哭啊。因为这个家就交给你了，妹妹和妈妈还需要你照顾呢。"父亲的眼神很坚定，充满了重托和信任。我和他四目相对，那是男人之间的一种发自肺腑的信任和依赖。当他再度被推进手术室时，他依然面带微笑，目光坚定地看着我，还示意我擦去泪水。

那是我第一次撞见父亲目光里的信任和期待。

我战战兢兢地在父亲的手术书上签了字。那一瞬间，我感觉自己从男孩变成了男子汉。万一父亲有个三长两短，我说什么也得顶天立地，照顾好妈妈和妹妹。

万幸的是，父亲的手术非常成功。

三年过去了。

麻雀为邻

　　而今，四十八岁的父亲依旧健康、开朗。二十四岁的我在香港某大学硕士毕业后，走上了工作岗位。尽管我在香港的碌碌打拼才刚刚开始，不管前面有多少风风雨雨坎坎坷坷，我自信我皆能勇敢闯过。因为我在二十一岁那年已成为一个真正的男子汉，更何况我的身后还站着依旧年轻、健康、乐观的兄弟般的父亲。

　　（本文取材于我的香港学生讲述的亲历故事）

## 雨中的顿悟

窗外是黑漆漆的夜色，淅淅沥沥的雨声滴落着我又一个不眠的梦境，在这盏孤灯下我落寞地与雨独语。

雨季的南方缠绵悱恻，摇晃着各色各式的雨伞。一把雨伞就是一首精彩朦胧的抒情诗，伞下面就有许许多多动人的故事。谁说"少年不识愁滋味"？我已记不清我的花季是什么颜色，曾开放过什么样的花，什么时候又凋零成长长短短的喟叹。只记得少年的我曾徘徊在一个又一个雨天，的确有点儿"无故寻愁觅恨"的意味。那时候，我写下了许许多多关于雨的诗，诗中摇曳着雨伞和曲曲折折的小路，还有一袭白衣的少男少女。

那年七月，我像一只黑鸦飞行于深黑的夜色中。暴风雨拍

麻雀为邻

打着我的命运之舟，来不及扬帆我就折楫沉桨。七、八、九三天，我坐在高考的考场里，茫然而不知所措地进行着一场你死我活的厮杀。窗外尽是黑压压的乌云和没遮没拦的暴雨，我一次次走神，我不知道这是否是世界的末日，还有没有明天？写完最后一个字，随着拥挤的人流走入雨幕，我的神经早已麻木，提着雨伞却不知道可以用它来抵挡这无情的暴雨。流淌在脸上的，分不清是泪水还是雨水。

无法遏止的泪水和着扯天扯地的雨水，淋烂了那张明知如此的成绩单。以后那些日子，我就躺在小屋里，目不转睛地注视着小窗前那些摇来晃去的翠竹。知了没命地呐喊着，夜夜有满山湾的蛙鸣。总觉得那场雨一直没有停歇。

那场狂暴的七月的雨，宣告了我梦幻世界的终结。雨伞、小路和白衣少年，再也走不进我的诗页。我厌倦了学校，一想起考试就心疼。在那个秋雨潇潇的清晨，我扔下了我的草绿色书包，离家出走。

我游荡在西北边陲。北国是没有"画船听雨眠"的意境的，在这古老的藏北高原上，雨水尤为罕见。风霜雪寒干燥刺骨，我白皙的容颜很快就被磨蚀得粗糙不堪。渐渐地，我已没有了过多的思绪，生活中的成败似乎皆与我无关。上学时，我好幻想总失眠，而今无思也无梦。出奇地贪睡，好像已经进入了休眠状态。

背井离乡，没有了亲人的呵护，没有了老师同学的关心，我不得不为了生计而打工。吃惯了沙子，听惯了漠风的惨吼，咽下了人情的冷暖炎凉和是非的曲直圆方……没有梦！

雨季已把高原遗忘，而我似乎已忘记了所有关于雨的感觉。千里冰封万里雪飘的壮景也曾带给我些许豪情，孤行于茫茫雪原，感觉到了自身的渺小和卑微。不知不觉中，岁月吻过的脸庞留下了斑斑痕迹，髭须也爬上了清瘦的面颊。

我没有勇气面对高考激烈的竞争，在逃避中蹉跎了岁月，

挥之不去的恐惧始终在心头飘摇。

意想不到的雨终于姗姗来临。

那夜，我敏锐地听到她那久违了的脚步声。我翻身下床，打开夹层窗。外面很黑，什么也看不见。我把手伸出窗外，触摸那湿漉漉的柔情。犬吠远遁，清清爽爽凄凄迷迷的雨声勾起了我遥远的记忆：故乡雨季的韵味，雨打芭蕉的情致，屋檐水滴落成的乡情，悉进心原。伫立于窗前，我泪流满面……

黎明，雨声依旧。

正值周末，人们和着慵懒的情绪甜美酣睡。我破例早早地起床，一种玄妙的感情占据了我的脑际。走出小屋，走进雨幕，走回远去的记忆中。只是没有曲折的小路，没有雨伞，也没有一袭白衣的少年。恍惚间，世界已经摇身一变。

农场东北郊有一片白杨林，参天的小叶杨诉说着成长的苦难与艰辛，展示着她不屈不挠的韧性。雨水顺着树干悄然滑落进枯枝败叶和龟裂的黄土里，突然间激动得泪痕婆娑。雨点打湿了我的头发，我的脸，也湿透了我干裂的心。林子里除了雨声，一片寂然。棵棵白杨彼此注目，保持着一种虔诚而又肃穆的默契。雨声似乎不是雨声，是一种绝妙的语言，只能用心灵的彻悟来读懂她的含义。

我在树与树之间流连，仿佛我也是一棵小小白杨。栽树的人或许早已不在人世，许多年来风沙肆虐，这种稀罕的雨天，又有谁会有闲情走进这寂寥的林子？又有谁能真真切切地听听这雨声？我相信万事万物都有自己的存在方式和其独特的灵异和情感，当一种情感达到至高的境界，可以超越生物种的界域而相互沟通。在这样一个雨天，我徘徊在白杨林中，并非"无故寻愁觅恨"，我只是感觉到有那么一场心灵之约在等着我去赶赴。

在雨中，我仿佛听见了那来自遥远故乡的召唤，我仿佛听见了母校那清脆的铃声，还有亲人朋友老师的呼唤……

雨中的顿悟

于是，在流浪两年后我重返校园。又一个流火的七月，对于我来说不再是黑色的了。那年九月，我走进了梦想中的大学殿堂。

我永远也忘不了那场遥远的北国的雨！

## "眼镜"

许多年前村里有两个教书先生,他们都不戴眼镜。有个戴眼镜的,却不识字。

"眼镜"姓饶,大名叫正平。他曾在西藏某部当过几年炮兵,据说那儿的风沙特别厉害,伤眼睛。退伍后,他就戴着眼镜回到了雷家湾。因此,大家就叫他"眼镜"。

"眼镜"个子不高,身材单薄。他的脸清瘦,总挂着淡淡的笑。他看上去很文气,比村里那两位老师更像老师。

翻过摩天嘴就是雷家湾,雷家湾有一片荒山叫冰家崖,是村里放牛的场所。此处无人居住,也不知为何唤作此名。那时候,我在冰家崖伴着我家那头高大壮硕的水牛,挥霍我的童年和少年。

我和"眼镜"时常在冰家崖碰面。"眼镜"家的牛性子特烈，我很害怕它。"眼镜"只有两个女儿，女孩儿胆小，不敢放牛。"眼镜"只好忙里偷闲，临时当一当放牛娃。我爱看书，常把牛拴在树丛里。"眼镜"常对我说："书要读好，牛也要放饱，你长大了肯定有出息。"

"眼镜"来放牛的时候，他主动替我看牛，我家的牛也吃得饱饱的。

我喜欢和蔼可亲的"眼镜"，我喜欢他戴的那副眼镜，我喜欢看他脸上的笑，我更喜欢听他说我长大了有出息。

"眼镜"可能也喜欢我，我看书的时候，他常坐在我身边，问我书里都说些什么。有时候他摸着我的头，哄诱我叫他"干爷"。我们那儿称岳父为"干爷"，我说："干爷，那你得帮我放牛。"

后来，我进城上学，我也戴上了眼镜。

那年寒假，我又在冰家崖碰上了"眼镜"。我这才发现，"眼镜"的黑框塑料眼镜很笨拙，一条腿断了，用铁丝系着。我把我的眼镜布给了"眼镜"，"眼镜"绽开了满脸的笑。回到家，我发现"眼镜"偷偷塞了一块钱在我的衣兜里。

我想给"眼镜"买副眼镜，金属架的。

高考前我生了一场重病，没能进入考场。

我戴着眼镜回到了村里。养病的那些日子，我伴着那头已经步入暮年的水牛，躺在冰家崖的灌木丛中看天上飘浮的白云。童年和少年时的往事潮水般涌现。

我想念"眼镜"，但我没见着他。听说，他出远门去了。

为了生计，那年秋天我告别了校园，告别了村头的那棵老桑树。我沿着嘉陵江上溯，离剑阁，西出阳关。那一去，回来时，我已长大成人。

问起"眼镜"，母亲说"眼镜"离家好几年了，音信杳无。有人说他去了兰州，找他分别多年的一位战友。他走的时候带着

家里祖传的一件玉器，准备换些钱，因为两个女儿快成人了，该计谋着给她们准备嫁妆。

我借故去了"眼镜"家，他的女人居然还认得我，见了我，很亲热，一提起"眼镜"就抹泪。两个女儿也长成了大姑娘，出落得很标致，像"眼镜"一样斯文。

前年，我去兰州见一位老同学。我徘徊在兰州的街市间，一位戴黑框眼镜的男子引起了我的注意，我不由得想起了我故乡的"眼镜"。我想法与那位男子搭上了话，可是，他那一口纯正的普通话令我神色黯然。

"眼镜"离家距今十年有余，他的女人改嫁了，两个女儿也嫁了人，听说日子过得还不错。村里人很少再提起他，对于他的失踪，说什么的都有。

今年春节，我回到故乡，我家那头老牛已不在了。

我还是去了一趟冰家崖。山崖寂寂，尽是风声。

今夜，我在这座北方城市里读沈从文。翻看沈从文的照片时，看到沈从文戴的那副黑框眼镜，我想起了我故乡的那个戴眼镜的失踪的人。如果他还在人世的话，他该换了一副新眼镜了吧？

我信手在纸上涂涂抹抹。

"眼镜"，我还想给您买副眼镜，金属架的。

## 六年后仍旧无法释怀的故事

假如我在影视、报刊上看到这样的故事,我肯定会质疑它的真实度,或者笃定这是作者为了离奇、跌宕而蓄意编撰。

然而,我居然写下了这样一个离奇、跌宕的故事,我相信一部分读者可能会置疑。

写小说之初,我总是喜欢写自己。可以说,离开了自己熟悉的生活,我完全不知如何创作。一个人的经历再丰富,毕竟是有限的。只能写自己的作家,其创作的源泉必将枯竭,其创作的生命张力注定不足。我开始有意忘记自己,有意远离自己熟悉的生活,尝试着推己及人,尝试着去感受与自己完全不同的人,甚至涉猎与自己的现实生活完全不搭界的领域。于是,我小说中的

题材丰富了，人物多元了，写作时不再受自我的羁绊，不再有戴着脚镣跳舞的别扭。

这个故事最初写于2006年，是一个题目为《第九朵玫瑰花和第九根牛芒刺》的中篇小说，发表在《儿童文学》杂志上。

那一年，我博士行将毕业，也确定将留在北京师范大学文学院任教。从事儿童文学研究和教学，自然是我的第一职业。创作青少年小说，则是可以伴随我终身的爱好。回到高校工作，显然为我的小说创作提供了更多的时间。

那时，我已经出版了六部小说单行本，发表了百余篇中、短篇小说。但是，我的创作似乎遇到了瓶颈——写来写去，每一篇都似曾相识。

我不想继续重复自己，希望有所突破。

我把突破口瞄准在题材方面，尝试着写自己不熟悉的故事，或者说描写与我本人毫无关系的生活。

有相当长一段时间，我找不到别人的故事，几乎搁笔了，甚至一度产生了放弃写小说而专门从事学术研究的念头。

那自然是相当痛苦的选择！

某一天，打开邮箱，收到了一封读者的来信。那是一个不愿留下姓名的女生，她讲述了她正面临的艰难抉择，希望我这个"作家叔叔"能给予她一些建议。

她说她十六岁了，正在南方某重点中学上高二，学习成绩优秀。但是，最近她的爸爸从天而降（妈妈告诉她，她的爸爸早就死了）。让她难以接受的是，她的妈妈是她的养母。她的亲妈在她两岁的时候出车祸死了。更让她难以接受的是，她的父亲和她的养母曾经是夫妻，她是她父亲和亲妈的私生女。后来，她父亲要出国，请求她的养母照看她，遭到了养母的拒绝。万般无奈，她父亲只好把她送到了孤儿院。她的养母经过激烈的思想斗争后，从孤儿院把她接回来……一晃十四年过去了，她的父亲突然现身，

六年后仍旧无法释怀的故事

希望她跟他走……

她问："叔叔，您能告诉我，我该跟谁？"

她的叙述盘根交错，我至少仔细阅读了三遍，才基本上弄清楚了发生在她身上的那些乱麻般的故事。这简直就跟电影、电视里常见的"苦情""悲情"故事如出一辙，但我并不怀疑她所讲述的故事的真实性。

我立即给她回信。我说："如果是我，我肯定选择和养母生活在一起。"

我的理由是：我的家乡流传一个谚语——"生身父母小，养身父母大"。给予我们生命的父母，如果没有付出养育之情，那不过是生物学意义上的父母，类似于动物本能。付出了心血养大了孩子的养父母，因为超越了血缘本能，彰显了人性的崇高和伟大。

我还说：父亲永远是父亲，这是不由我们选择的。从现在

开始，你们可以保持往来，慢慢找回曾经失落的亲情。这应该是一种可以两全的选择。

我很快收到了她的回信，她说她的想法和我的建议几乎是一样的。有了我的支持，她更加坚定了自己的选择。遗憾的是，她的养母突发重病，半身不遂，她一个人无力照顾。她希望我能给她父亲写封信，帮她说服她的父亲，和她一起照顾养母……

又是一个类似于影视剧作品般的大波折，我真的有点儿惶惑了。不过，我还是应她的要求，写了一封企图说服她父亲的信。

可想而知，那封信我写得多么小心翼翼。

如果她说的都是真的，从道义上来说，她的父亲照顾她的养母，就当是回报她对他女儿的养育之恩吧。

然而，我何尝不知道，现实是狰狞、残酷、复杂的，根本不像我在纸上分析的那么简单。长年累月照顾一个偏瘫的人，谈何容易？更何况是曾经有过情感裂痕的夫妻，而且十多年不再有任何联系？如果他真是一个有责任心的男人，怎么可能做出一系列不符常情不合常理的事情来？

我知道，我在信中的劝导是苍白无力的，我也不可能充当她和她妈妈的救世主。

很快，我又收到她的回信，她的父亲突然消失了……

她父亲的举动，完全在我的预料之中。

我一直为她揪心，她和她的养母该如何生活下去呢？

从此，我再没收到她的任何消息。

我耿耿于怀，决定把她的故事写出来。

我不忍心还原她在现实生活中遭遇的困厄，我只能基于我作为"小说家"的美好愿望，更改了她所讲述的故事结局。

一晃六年过去了。

六年中，虽然没有她的任何消息，但令我意想不到的是，时不时有读者来信，询问我在那篇小说中不可能详细讲述的细枝

末节。

　　读者显然跳出了文学作品的藩篱，完全相信那是一个类似于纪实文学之类的真实故事。

　　很遗憾，我不能告诉读者更多。我也不忍心告诉读者，那不过是我"虚构"的"小说"。

　　六年来，我习惯了作为大学教师的"宅男"生活，也非常享受登临大学讲台"传道授业解惑"这项崇高的事业。读书、教书和写书，成为了我当下，也可能是终其一生的生活方式。

　　四十岁这一年，我的生活如平静的河床突然改道，和某些电影、电视剧的剧情惊人相似。"四十不惑"，我惑上加惑。好在我已然练达，处变不惊。教书充实了我，阅读安妥了我，写作抚慰了我……

　　突然想起了那个六年前写过的故事，想起了那个十六岁的女生，不知道她现在怎么样了。

　　六年后，我自己的人生经历显然更加丰富了，自然更能深切体会那个故事中当事人幽微、微妙的情感波澜。于是，在这个异常惶惑的季节，我重新拆开写于六年前的那个故事，重新赋予它生命的质感，以及人情的冷暖炎凉，是非的曲直圆方……

　　这部本不在写作计划之内的长篇，由此偶然生成，取名为《许愿树巷的叶子》。

　　叶子是该小说的女主人公，她和她的妈妈生活在C城城北的许愿树巷……

## 偶然撞见的故事

　　每一部长篇完成之后,我都如同跑完了一场马拉松比赛。最初一段时间,我染上了文字恐惧症,不想碰任何文字,与文字形同陌路,抑或有不共戴天之仇。文字就像一个拥有先进高科技窥探设备的偷窥者,我在我所能调遣的文字面前赤身裸体。一个知道你任何隐私的人,你和他(她)之间注定会陷入无语之尴尬,能维持的顶多是惯性。当醉心建造的文字宫殿甫一落成,接踵而至的是释然,继而忐忑、惴惴,进而失望、落寞,甚而欲说还休,直至失语……激情降至冰点,形容枯槁,神情恍惚,焦躁莫名。"解铃还须系铃人",当渴望再度亲近文字,企盼与文字再赴心灵之约,激情便死灰复燃,生命的冲动渐渐重聚眉头心原,直至

## 麻雀为邻

诉说的冲动如潮涌，又一个与文字独舞的狂欢盛宴不期而至……

长篇小说《鲲鹏的夏天》脱稿之后，我很快就落入了上述的轮回中。恰逢我在香港浸会大学工作期满，返回北京，重新回到惯常的生活、工作轨道，确实需要适应和调整，原本不指望在未来半年时间内能遭遇新的写作灵感和激情。

虽然我早已习惯了北京的秋天，但是质感迥异的香港秋天记忆，让我顿生喜新厌旧之感。"香港是比我故乡更南的南方，那里雨水丰沛，如同情感过剩而情无所倚的少女。在香港滞留一年，我丝毫不厌烦其时时处处湿漉漉的触感……回到北京，鼻腔和口腔立即似已龟裂，对于雨水的渴望实际上已经郁结成一种病态。满身满眼满心的浮尘，不洁感终日如影随形，浑身的不自在，精神萎靡。上呼吸道感染，鼻敏感，似感冒而非感冒，头晕目眩，似病入膏肓……我似禾苗，急需雨水浇灌。"我就在此种"身在曹营心在汉"的情绪中，消磨过了2010年北京的秋天。

秋风过处，白杨和柳叶片片凋零，墙角下的蒿草们日渐显露出枯败的容颜。白露过后，白杨和柳树洗净铅华，素面朝天。每一棵落下了最后一片叶子的树，都是一幅生动的炭笔画。季节确实是不动声色的大师，她默默地为这酷寒的北方点染了一抹简约的韵致。我在2010年北京的冬天蛰伏，兴许是我生命的底色属冷色调，我从不拒绝北方冬天的荒凉和肃杀，始终能在酷寒的北风中寻找到栖居的诗意。繁华和鲜花原本不属于我，于落寞和冷遇中站立成自赏的孤芳，或许这才是最妥帖心魂的乐音。

自从登上大学讲台后，书房—学校—图书馆，读书—教书—写书，结构了我单一、沉静的世界。21世纪初这个色彩斑斓的全球化时代，于我来说不过是一种传说。不管怎么说，在这信息技术日新月异的时代，即或有"相见亦无事，别来常思君"的朋友，即或有时常见面的条件，似乎已没有太多"酒逢知己千杯少""把酒话桑麻"的必要了。更新博客日志，成了我与朋友、学生交流

的窗口。阅读他人的博客日志，获取诸多有益或无害的信息，可以确保不会被社会疏离。当我在自己的博客空间里消磨，不经意回访光顾我日志的博友，一博连接一博，顺藤摸瓜，不期然"认识"了不少不曾面对面的博友。

某一天，我偶然走进了一个名为"随思而行"的博客空间，偶然浏览了该空间的"思言慧语"专栏，读到了一位父亲和他那还在上小学的女儿的日常生活对话录。一撞上那些简约的文字，我不禁频频莞尔。女儿的乖巧、机智、诙谐、深刻，父爱的细腻、温润、深沉，令我着迷。我臆测：家有这样一个女儿一定无比快乐，给这样一位父亲做女儿一定幸运、幸福无比。有一段时间，我就像狗仔队打探明星私生活，频繁光顾"随思而行"的博客空间，搜集到了这对平凡父女不平常的生活点滴。渐渐地，他们占据了我心灵之一隅。不知道哪一天，我突然萌生了把他们作为原型创作儿童小说的冲动。

这个纷繁复杂的世界说大也大，说小也小。"随思而行"

名叫李晓东，竟然和我在同一所大学工作，我们就职于不同的院系，属不曾谋面的"同事"。我冒昧给其留言，说明来意。出乎意料的是，他爽朗地满足了我所有的要求，并无条件纵容我欲窃取其素材的不良动机。他还谦称能作为我笔下的原型，是对他写博客日志的最大鼓励。

有了晓东先生的慷慨解囊，我备受鼓舞。我知道，我与文字即将开始又一次毫不掺假的初恋。我不知道我会把父女俩写成什么样子，但我一定会全心付出，用尽我仅有的一点点儿写作"才华"——如果还称得上有"才华"的话。

今夜，北国的风异常生猛，我坐在暖洋洋的书房里和着北风的呼啸热血澎湃。从此，我开始和那个叫"李思慧"的小女孩朝夕相伴……我不知道我会在什么时候和她说再见。我希望李思慧能在我的字里行间快乐成长，我希望她爸爸的慈爱，以及她的诙谐和深刻，能得到广大读者的喜爱。这是我开始写作这个偶然撞见的系列故事的起笔感言。

2011年伊始，我行将与这个系列故事暂时说再见，不安和不舍充盈心间。在这不用工作、没有家人陪伴的岁末年初，我朝朝暮暮守候着窗前不肯稍离的凄厉北风，绞尽脑汁，始终敲打不出暂别感言。

昨夜接近凌晨，突然接到好友Y兄的电话，相约去酒吧消磨。他人到中年，母亲刚刚去世，和妻子同时失业（暂时），我能感受他心里的冰冻，欣然陪他出去散心，还叫了另一个关系不错的朋友。与其说是帮Y兄放松，不如说是放松我自己。四十岁的年龄，竟如二十岁般通宵达旦……

今日囫囵昏睡，午后醒来，茅塞顿开。蓬头垢面坐在电脑前，一口气敲打完这些芜杂的文字。我清楚，又一段饱受熬煎的日子已经来临……

# 生活远比小说离奇

　　大概是上小学三年级的时候，我就迷上了小说。时至今日，读小说，已成为我固定的生活方式之一种。不是为了学术研究，不是为了写序言或书评，乃与世俗功利毫不相干的单纯的阅读。

　　能让我痴迷的小说，故事情节往往极尽跌宕之能事。

　　确实很年轻的那些年，我常常艳羡一些小说家的编撰才华。好不容易从故事的迷宫里走出来，不得不故作深刻地鄙夷——"真能编啊，生活中哪有这样的事情"。对于"每个人的生活都是一口深井"之类的箴言，我自然嗤之以鼻。

　　平庸的我，世俗的我，功利的我，似乎生来就忌惮不符常情不合常理不是常态，循规蹈矩自然成了我恪守的言行准则。是

麻雀为邻

父母眼里的好孩子，是老师心中的好学生，还应该是同学朋友嘴边的"正人君子"，是学生惧怕的要求严格的正统老师……

  人到中年，蓦然回首，才发现我时常莫名其妙被生活抛出常规轨道。每逢人生的关键时刻，必然遭逢磕碰、羁绊，我被迫成为"小说"中命途多舛的男一号。虽举步维艰，甚至步步惊心，所幸的是，终能化险为夷。因此，我没有资格抱怨"我不是幸运儿"，我也没有理由再要求得到更多。

  我的生活远比小说离奇，我自然而然写起了小说。

  考上研究生那年的暑假，我去大西北旅行，在火车上邂逅一上高一的少年。

  萍水相逢，我们一见如故。我多攒了六年的人生阅历，似乎给予了他微薄的导引。看着他，我仿佛看见了中学时的自己。

  别后，我们间或书信往来，不知什么时候失去了联系。

  后来，我把他的故事写成了中篇小说《风中的芨芨草》，发表在江苏《少年文艺》（2001），并获得了该刊年度最佳作品奖。

小说刊发后，河南三门峡的一女中学生几经辗转找到我，非要我介绍她认识小说中的主人公于压西。担心她为了寻找"于压西"而离家出走，我只好告诉她小说是虚构的。可是，她颇有文学素养，追问一定有原型。我搪塞不了她，更不堪她频频追索，只好让她和原型认识。

　　她居然如愿考到了"于压西"的学校，他们自然成了大学恋人。

　　这不能不说又是一个比小说更为传奇的故事。"被媒人"的经历，不管怎么说都令我欣喜。

　　今年三月的某一个夜晚，我参加同乡聚会。席上的人大多不认识，颇为不自在。与左边坐着的那位长者搭讪，他竟然与我仅有一村之隔。更为惊奇的是，我们几乎不约而同说出了"是你啊"。

　　我上初中的学校离我家有十六里地，每周六下午步行回家。因为路途遥远，我时常一路小跑。每次跑到一个叫"水井湾"的山梁上，依稀能看见我家所在的那个小山丘，便坐下来小憩。在那里歇息的，还有年轻时的他。初中那三年，几乎每周六的下午，我们都能在那里不期而遇。后来，我到更遥远的地方上高中，我们水井湾的同行便成追忆。

　　那时候他三十多岁，在另一所乡中学当老师。作为学生的我，自然不敢与他主动说话。况且，他体面的穿着打扮，电影明星一样的气质，给了我巨大的压力。少年的我，自然渴望能成为他那样的人。因为经常同路，我们自然就熟络了。

　　每周六，虽然没有约定，但彼此心照不宣等待对方同行，已成默契。夏天，他会告诫我，"不要把走得发烫的脚泡在溪水里，否则会得风湿病。"冬天，他会提醒我，"备一条毛巾，歇息时垫在后背上隔汗，就不会感冒。"他叮嘱我，"初二是个马鞍形，很关键。跨过去了，初三就轻松很多。"他还告诉我，"文

麻雀为邻

学可以让心灵更加丰富"，鼓励我在学好教科书之余，尝试着多读多写。每逢放假，我背着沉重的被褥回家，他会帮我背。

有一年冬天，接连下了一个月的雨。崎岖的山路异常泥泞，走到水井湾时天色已经灰暗，我已经害怕得想哭了。没想到他居然在那里等我。他把我送到了我家屋后的那条河边，然后摸黑返回……胆小的我，羞怯的我，似乎从来不曾对他说过"谢谢"，只会冲他笑。我只知道他姓李。

二十多年后，我们他乡邂逅。人到老年的他和人到中年的我，竟然都异常激动，像失散了多年的亲人，就差没有热泪滚滚。岁月镂蚀了他的华年，我很难找到他当年的风采，他的笑容内敛依旧。而中年的我呢，勉强剩下一条青春小尾巴了。他说，"你的虎牙和灿烂的笑容没变，一点儿都没变。"他还说，"我那时就预感到你将来一定有出息，因为你小小年纪就表现出了难得的坚韧和沉静。"

我依稀记得，他曾经说过类似鼓励我的话。虽然我不敢承认我有出息，但我真诚地接受他真诚的赞美。

握手告别的时候，我们除了微笑，不知道还能说什么。他早已举家迁往成都，而我家的老宅多年无人看守。我们一同走过的那条回家的路，只能留存在记忆里了。

更为传奇的是，一周后，我在博客上看见了于压西的留言。他找了我好多年，搜索到了与我同名同姓的好多人，直到看见我博客上贴出的《风中的茇茇草》，才确信是我。那个三门峡的女孩，成了他的妻子。

他说，重读《风中的茇茇草》，感觉有些单薄。我和他再次长谈，进一步了解了他少年时的心境。于是，我产生了二次写作的冲动。

过去的三个月里，除了讲课，我就沉浸于这部长篇小说的书写工作。和"于压西"再续前缘，与我再次邂逅的家乡人，给

生活远比小说离奇

了我蓬勃的写作激情。从某种意义上说，这部小说是为他们而写的，为了曾经萍水相逢的真情，为了难能可贵的再度邂逅！

即将呈现在读者面前的这部小说，和原来的中篇《风中的芨芨草》已经大相径庭。我想给它一个新的名字，一边写一边命名，否定否定再否定。某夜莫名其妙失眠，凌晨两点突然有了灵感，抓起笔在一张报纸边缘胡乱写下了《离开是为了回来》，颇为得意。

2012年6月16日初稿完成。来不及写例行的"后记"，便匆匆飞往云南做高考招生宣传，以及参加云南晨光出版社召开的滇西笔会。在翻越高黎贡山的途中，与知己陆梅女士畅聊各自当下的写作（我和她第二次见面），提及这部即将杀青的小说的名字，竟然与她曾经写过的一篇散文的题目相同。我赶紧解释纯属巧合，绝非抄袭，"我与英雄所见略同"！

回到北京，我一边消除远行的疲劳，一边适应北京七月的高温和楼上二次装修的聒噪，在这个平常的下午静下心来补写作业。

所有的邂逅都成记忆，所有萍水相逢的真情都潜藏于字里行间。邂逅就是邂逅，难以复制。但，每说一声"再见"，就是一次祈福。我深信，有缘之人还会再见。离开是为了回来，说"再见"就是为了"再相见"！

# 黑五月之后的自白

对于我来说,写出了每一个故事的开头,故事的发展和结束自然就水到渠成,似不必煞费苦心。然而,故事如何开始,匹配何种笔调,确非易事。每一个故事的编织,无疑是一次充满艰辛和憧憬的远足。不管是开始还是结束,无论是满意还是不满意,行走在路上始终能看见迷人的风景,始终能够欣喜抑或自我陶醉。按照我的长篇写作惯性,故事的结束并不意味着了结,写完那个程序化的"自序",才意味着真正的诀别。

因为留恋,因为不舍,因为意犹未尽,还因为"还可以更好"的遗憾,每一个"自序"我都难以落笔,写起来自然疙疙瘩瘩。或不想说,或不能说,或说不清,不知云何的焦虑便自动生成。

钦佩某些作家，居然可以把一个即将完成的作品搁置多年，从不问津。之于我，那无异于没有兑现承诺，无异于不负责任的爽约，甚至是始乱终弃。阅读单行本，偏好先读作者的"自序"或"后记"，企图从简短的文字里窥透作家写作的心迹——那是最直接最真实的对话。遗憾的是，许多作家可以洋洋洒洒数十万言，却时常遗忘了"自序"或"后记"。在我看来，此种情形与西装革履却蓬头跣足无异。

进入五月，我就不再属于自己了。铺天盖地的论文评审、答辩、不得不做的讲座、按部就班的授课，还有无法推脱的人情世故……只能披星戴月，只能夜以继日，只能疲惫不堪，只能别无选择。没有时间在QQ签名上吐槽，其实最想更新的"说说"是，"只叹木有三头六臂"。原本可以早一点暂时告别长时间写作的极乐和深哀，早一点复归不悲不喜的常态，早一点找回一贯的平淡与从容。2013年5月29日上午，参加完本学年最后一场硕士论文答辩，走出办公大楼我酣畅淋漓地打着哈欠，"黑色五月"的沉重掷地有声。

告别了来自香港的Dennis一家，深夜驱车回家的路上，我奖励自己说：明天尽情睡懒觉，至少要睡到中午。睡梦里竟一再返回答辩现场，半梦半醒之间腰酸背疼，应有本能的呻吟。

回笼觉后自然醒来，不过是八点零三分。拉开窗帘，透亮的阳光倾盆而下。这是雨后的五月末的北京上午，一个可以完全属于我自己的一天。我端坐在书桌前，久违的写作激情轰轰隆隆……

梧桐街上的梅子的故事早已走进一个个读者心里，许愿树巷的叶子的故事渐渐被更多的读者喜欢。这个有关银杏路上的白果的故事即将呈现给读者。梅子、叶子和白果，三个年龄相近的女孩，三个既相似又迥异的"另类青春体验"故事，承载着我不变的审美情感——爱与宽容。我的功利与野心瞬间膨胀到极致，

或许，《梧桐街上的梅子》《许愿树巷的叶子》和即将面市的《银杏路上的白果》，可以命名为我的首个"另类青春体验三部曲"。

　　写完梅子的故事，我觉得还可以写得更好。于是，我接着写叶子的故事。叶子的故事落幕，我还是觉得"还可以更好"。于是，就有了这个关于白果的故事。白果的故事结束了，我以为我可以恬然自安。然而，我还是觉得"还可以更好"，欲在这个"自序"里做一些力所能及的补救工作。思忖再三，终于明白，苦心孤诣的我，断然不能把一个已然程式化的"自序"写得登峰造极。没有天生丽质，索性素面朝天。豁然开朗，我不再踌躇，一切回归常态，按程序运行。

　　我是偶然撞见了白果的故事，是来自某电视情感类访谈节目还是别的渠道，我不记得了。那应该是在十多年前，但我一直没有忘记"白果"。一个人，一种命。每本书，命运自然各个不同。不知是哪一位悲悯的责任编辑，会帮助我的"白果"与冥冥中的知音读者相逢？

　　我等待，我期待，我感激。

　　最后，感谢甘君的陪伴，每一个平淡的日子不再暗淡。我愿意把这部作品当作礼物赠予甘君，望甘君笑纳。

## 蔷薇花开，布谷啼鸣时

又一部小说完结，仍旧意犹未尽。例行自序，颇费踌躇。

小说之门一旦打开，如同找到了"芝麻开门"的密钥，恣肆、滔滔，天马行空。我，始终隐藏在文字背后。

讲完一个长长的故事，我不得不返回日常。搭建文字小屋的激情刚刚远遁，虚空和颓丧便接踵而至。

那些醉心于营建故事的朝朝暮暮，我把自己弄丢了。或者说，差不多忘记了自己的世俗存在。

面向当下，从容和淡定不过是表象。彷徨和焦虑，如影随形，铺天盖地。

为何？何为？时常不知其可。

雾霾，恐袭，空难，远在天边，近在眼前。不知是哪位诗人曾说过：在灾难之前我们都是孩子，后来才学会这种发音方式。戚戚又戚戚，确非因噎废食，杯弓蛇影。

打开我的新浪博客日志，时间停留在2013年12月9日。绝尘而去的一百多个日子，连同已逝时间里的我，都去哪儿了？干了些什么？斑驳的，芜杂的，一地碎影。

2013年，肯定是我人生中又一道至关重要的分水岭。别无选择的诀别，困兽犹斗的选择，战战兢兢的期待，绝处逢生的惊喜……依旧是一部跌宕起伏的悬疑小说，留待他年细思量，再道"天凉好个秋"！

三十五岁过后的某一天，突然发现自己不再是孩子，突然就有了当父亲的渴望。可是，孩子，你太贪玩儿了，忘记了父亲一直在等你到来。我只能将我的父爱，给予小说中的那些孩子——梅子、叶子、白果、夏天、夏蘩、李花，还有这部小说中的铁桥……

2013年10月14日那天，孩子，确认你终于来了，我不敢相信，也不敢高兴。这是上苍的垂青、厚爱、馈赠！感恩所有，孩子，包括你。从此，我不再变更QQ签名。"感恩所有"，已为永恒。

孩子，等待你的日子，我又开始写小说。你，是我们的礼物。母子连心，你妈妈不用给你礼物。看上去只能袖手旁观的我，打算把这部小说当作你初临人世的见面礼。

已完成的二十余部作品，无疑见证了我行色匆匆的过往。唯有这一部作品的诞生，殊为特别。一旦进入写作状态，我总是恍恍惚惚魂不守舍，断然拒绝任何干扰。然而，孩子，你的到来竟然改变了我的写作惯性。你和妈妈，彻头彻尾介入了这些文字。每当写完一个片段，我需要休息了，当然也需要激励，你和妈妈义不容辞成了这部半成品的忠实听众。或清晨，或午后，或黄昏，或夜深人静……我写完了这部作品，同时读完了这部作品，你们自然也听完了这部作品。许多时候听见我低沉、蹩脚的朗读，你便在妈妈的肚子里踢踏，似击节而歌。

我不是出色的儿童文学作家，但这部也许并不出色的儿童小说的诞生，注定是不同寻常的。

我迷恋一家三口共同参与写作的时光。

每一种相聚都难以复制，我自然并不奢望我的下一部作品还能如此诞生！

蔷薇花开，布谷啼鸣时　　147

麻雀为邻

孩子，我已铭记，谢谢你和你妈妈。

你妈妈说："蔷薇花开，布谷啼鸣时，我们的宝宝就该出生了。"如今，我的小说完成了，我们静静地等待蔷薇芬芳，布谷吟唱。

去年秋天，甘君娘家的桂花迟迟未开。那个傍晚，甘君在桂花树下默默许愿："你若花开，我有了孩子当以'桂'命名。"第二天清晨，满树繁花，满院桂香。孩子，你果真来了，那就叫你"桂宝"吧。你的学名叫桂宇，是远在长沙的李元洛爷爷取的。他是爸爸的忘年交，一个极具个性、才华葱郁的散文家。

蔷薇花开，布谷啼鸣时

## 不得不说再见

天生体力差，我惧怕体力劳动。童年和少年时期，各种各样的体力活儿令我苦不堪言。故乡曾是我蓄意逃离的梦魇，我很少写故乡。

十二岁那年，我走出了那个位于川北红丘陵深处的小山村。一路向北，越走越远，直至扎根于京城。那个小山村抽象成一种符号，间或闪回在我的记忆里。

十多年前父亲母亲移居城市，我家数十间木屋从此独与风雨为伴。

十多年前的那个春节，我匆匆返回小村。山路藤蔓牵衣，庭院蓬蒿茂盛，核桃树、梨子树、李子树、橘子树等尽已虫蛀。

打开一扇扇门窗，家什犹在，蛛网尘灰扑面。匆匆一瞥，心意沉沉，落荒而逃。

那是我与故乡最近的一面。

故乡四季分明，而我，二十多年不曾见过故乡的春天、夏天和秋天。再相见，不知是猴年马月。

上研究生二年级那年，我第一次把故乡写进一篇名为《有个地方叫老林》的散文里，我强调了它的偏僻、困顿和朴拙。那以后，故乡虽从未远离，却难再走进我的文字里。

年岁渐长，高度城市化的我俨然一个地地道道的城市人。走南闯北的日子里，更多的时候我踟蹰于一座座灯红酒绿的城市。鲜有惊喜，从不拒绝。一旦走向远离尘嚣的野外，就会流连，就会忘情，就能获得久违的妥帖。曾经偏执地认为，城市大同小异，我难以皈依。事实上，乡村亦大同小异，而我总能安妥好焦虑、浮躁。我终于明白：生命初始的那十二年早已注定了我乡村的底色——纵然时光绵长，亦难以令其褪色。

与某一个原型邂逅，一部小说便有了眉目。那是一座迷宫，重门深深，回廊迂回。许多时候我不能主宰什么，多凭借惯性，开启一扇扇门窗。朝朝暮暮，沉迷其间，乐此不疲。不少作家将故乡作为写作的源头，而我，似乎正好相反。概因爱与恨皆过于激烈，拉不开距离，找不到从容书写的心境。今生不再可能与故乡耳鬓厮磨了，把故乡写进小说里，应该是对其最好的回报。

十多年前那个春节，我回到故乡。得知近邻廖婆婆去世，她的丈夫病危，家里只有一个十一岁的孙女。廖婆婆的三个儿子都远在天涯打工，不肯回家。按辈分应该叫我"三哥"的那个十一岁小女孩，默默地承担起照顾爷爷的重担……我颇为动容，匆匆忙忙写下了中篇小说《就是不回家》。我所有的文字激情都给予了那个十一岁的小女孩，恨不能给予她所有的同情和安慰。无法冷静的我，自然丧失了理性，故而忽略了太多太多。诸如，故乡

的四季风物，农民工离乡背井的辛酸、无奈，中国城市化进程中乡村被遗弃的宿命……毫无疑问，我糟蹋了一个具有典型意义的题材。

　　十多年后的这个冬季，我刚刚完成了一部长篇小说，处于闲散状态。一直没有被冥冥中新的原型触动，我进入了没什么可写的蛰伏期。欠了几家出版社的稿约，我甚为不安。今年六月下旬，我去腾冲参加滇西笔会。久违的稻田和农家小木屋，骤然复活了我遥远的乡村记忆。我的思绪时常穿越千山万水，停泊在早已镂刻进我灵魂的故乡的山梁、沟壑间。我第一次产生了把故乡写进小说的冲动。

　　国庆长假，自驾去塞罕坝。离京后北上，星夜兼程。突遇道路中断，盲目折返。没有路灯，没有地标，险些沦陷河中。寒露已降，塞外寂寥，"星垂平野阔，月涌大江流"。子夜，我们驶入木兰围场（曾经的皇家狩猎之所）。四野暝寂，恍若世外。野放的马匹，闲庭信步，几酿马亡车毁惨剧。历险和野趣，稀释了长途奔袭的疲惫。天明，面对落叶松与白桦林海洋，惊呼，惊

叹，惊叫，流连，不忍离去……驱车回京的路上，我突然找到了书写故乡的感觉——我欲重新书写那个被我写坏了的题材。

过去的三个月里，我时常神游于故乡的山山水水。丢失多年的故乡的春天、夏天和秋天，复活在我的文字里。我甚至忘记了我在写小说，忘记了推进故事情节，沉迷于故乡四季变换的表情。我这才惊觉，故乡油桐花的美丽一直无人问津。真不敢相信，如此笨拙、粗陋的树干，竟能开出如此动人的花朵。某一年春天，我一定会重回故乡——只为那记忆中的油桐花！

我崇尚写实，通常不愿费尽机巧随意改写原型的命运。然而，这部小说接近尾声，我的心突然变得异常柔软。我数次眼热心潮，情难自已。实在狠不下心，我被迫违背生活常情，给了小女主人公米李花一丝光亮。我如释重负！

写完这个"代后记"，我将和这部小说说再见。尽管我呕心沥血，很遗憾，这部小说中的故乡，依然不是我原生态的故乡。我的才情难以切近故乡的肌理，我不得不说再见。

传说中可怕的2012年于我来说殊为跌宕，我急于将其翻到最后一页。小说初稿完成了，我将暂时远离写作，给自己放一个长假，以最好的状态迎接2013年。然而，我的2012年，注定动荡不安。小说完成的第二天，噩耗传来：弟弟六个月大的儿子夭折（原打算元旦后去深圳看望他们）。第一次做父亲那年，弟弟懵懵懂懂。第二次做父亲，他焕然一新。六个月来，他们给了孩子所有的爱。然而，这个孩子和他们只有六个月缘分。奈何？电话里，弟弟失声恸哭。我不知如何安慰，只能听他哭泣。过去的数百个日子里，他们和孩子建立起了深厚的感情，我不知道需要多少时间才能抚平伤痛。

那天北京天寒地冻，风似刀。我躲在学校主楼背风的角落，泪涌无声。我何尝不知人生无常，我何尝不知医学不能助人长生不老，我何尝不知遭逢生离死别之痛者并非只有我的弟弟。然而，

我终究无法淡定，难以从容。"洲洲（孩子的小名）是天使，天使不会长时间在人间停留，他去了天堂。"我只能如此安慰弟弟，只能如此。

洲洲，你的名字是我给你取的，我们只在视频里见过一面。过去的六个月，你得到了每一个亲人的牵念。据说，你平静地离开，仿佛熟睡了一般。我不能送你什么，只能把你写进这个"后记"里，权作你一晃人世的见证。今年五月，你的二姑父英年早逝。你是否遇见了二姑父的在天之灵？二姑父定能照顾你，孩子！

生活还要继续，活着的亲人们还得强打精神继续活下去。该说再见了，孩子。在下一个轮回里，唯愿我们还能再见。

过去的一周我过得浑浑噩噩，打球、打牌，匆匆远行，努力稀释无影无底的抑郁……

昨天北京大雪，天地浑茫。深夜我讲完课驱车回家，雪光月华将偌大的车场照耀得如同白昼。几只流浪猫在雪地里奔跑，数只寒鸦在车场外的白杨林上空盘旋悲鸣……

想得到的常常得不到，不想失去的往往都会失去。只有忘记无法忘记的悲伤，一切才能重新开始！

麻雀为邻

# 高原吟

　　唐古拉巴颜喀拉昆仑和祁连入云的高耸遗世独立的风韵便是你，沱沱河永恒的清泪通天河不羁的暴戾卡日曲不死的柔情便是你，雪山冰峰严寒冻土便是你。不朽的脊栋在黄昏沉雄地隆起，隆起成你的个性，隆起成你的特质，隆起成一首悲壮杳远的歌谣，隆起成独一无二的伟岸。跪下去的是沉默是不老的遗憾是数万年的沧桑。东北风西北风酷风柔风狂风暴风永远传递着那远古时代的遗嘱。

　　这是雄性的海，这是拧干了柔情拧干了怯懦拧干了嗟叹的海，无愧的雄性裸露的肌子古铜般的肤色冷涩的面庞。如纳木错般闪动着亘古的野性十足的温柔的大大小小的湖泊星星点点，该

是你春闺梦中的幻想和憧憬的印证。据说你是海的逆子海的弃儿海的变异槃，在一个温暖的长夜，你厌倦了海潮的呢喃浪花均匀的呼吸，赤身裸臂走出了华丽的枕席悲壮而匆匆地走上了那条通往云天的无极之路，搁浅的鱼虾鳞贝搁浅的砾石细沙怀着那么一种冲天的怨气，魂化为你阴晴不定孤僻怪异粗犷强悍的感情世界。

　　"古戎牧羊人"的幽怨的羌笛盛装在古典诗词里缥缈成一种哀婉的传说，"无弋缓剑"的后裔们累累的白骨酝酿了拉乙亥柳湾卡约辛店诺木洪这些悠远苍凉的文化，"河曲马"祖先的神威依旧在《战国策》中在秦统一六国的战争中大显神威……这是一段沉重艰辛的历史，捧起沙粒仔细品读那里面一定有卫青、霍去病叱咤风云的足迹，白骨和折戟诉说着那人喊马嘶的残酷无情的古战场的恐怖和荒凉。吐谷浑可歌可泣的强大、吐蕃划时代的繁荣、角厮罗不可一世的自大、蒙古汗国长驱直入的霸道绵延演绎，古栈马蹄声碎狼烟四起烽火不绝，多少壮士埋葬了如火的青春多少女子独守空房那块沐血浸泪的贞节牌长眠了炽热的春心，那位哭倒了长城的烈女子该是一个血泪斑斑的例证？还有那几位

玉粒珍稀都不肯下咽的皇家女儿，她们也没能逃脱嫁鸡随鸡嫁狗随狗的三从四德的古训，没能逃脱浮萍般浪迹的命运，而终于怀着人所不知的遗憾和思念客死于异域他乡苍苍茫茫的沙海之畔，一块泪血凝成的丰碑或许真能慰灵安魂？

后起的回族土族撒拉族同样熏染了你的灵异，艰辛的生存迟缓的发展，自然和社会源源不断的逼迫麻木了多少疲惫的灵魂。布达拉宫的辉煌塔尔寺首屈一指的艺术珍品大大小小逶迤的寺庙，反映了一种痛楚的追求渴望和寄托。那位获得了一个民族的崇拜的"活佛"，那令千万人同声泪泣牛马羊齐嘶鸣的仙逝，何其壮观！何其怆然！

历史一页一页地掀动。当浴血奋战的红军摧垮了马氏家庭的残暴统治，高原长啸着冲破黎明前的黑暗，长歌当哭踏着葳蕤的足迹傲然屹立于世界的最高枝头。这是一种排山倒海的气势，这是一场石破天惊的不可思议的裂变！

江河源头餐风露宿的子孙们，他们没有南国后生的白皙与过多柔情发霉的斯文，有的是饱经烈风酷寒磨蚀的深黑的容颜，有的是那被紫外线穿透而崩裂如山药蛋般的红得心疼的脸蛋，有的是高原般质朴狂放和憨厚，有的是常年与恶劣的自然环境作斗争的艰辛和苦难，有的是常人所不具备的乐观和可以熔化钢铁的赤红的心肠。酒，是高原汉子们刻骨铭心的人，是这群西部男人力量智慧刚毅果敢的源泉。他们都是海量，要喝就喝他个人仰马翻荡气回肠，酒酒酒，酒可以化解恨之墙可以搭起情之桥爱之桥幸福之桥，酒是诗是画是诗画中所表达不出的内涵极丰富的一种独特的西部文化。有一位诗人写出了那么一句群情振奋的酒诗——喝不完八两酒不是西部男子汉！壮哉！

生活在高原上的女人们，也许是上帝的不公把她们遗弃在过于干燥的地方，她们同样具有女人的天性，她们渴望有张白皙的脸，有一副让男人眼馋的窈窕身材，她们渴求能穿上五颜六色

的衣裙尽情挥洒属于女人的神采。然而，绝少有这样受宠的女子，注定了她们与这一切无缘，注定了在风沙中陪伴如山的男人装点这缺少柔情的世界。

  我以一个游子的感伤去寻觅高原的魂灵。浓重的烟愁充盈心胸。可是，一切的阴郁纯属自寻烦恼悲天悯人自作多情。高原没有眼泪没有失落没有嗟叹，忍辱负重默默跋涉，有的是"誓与天公试比高"的壮志和"天堑变通途"的宏才大略。河湟谷地的殷富，"小江南"层层的麦浪馥郁的稻花香，那满山冈的羊群牛群马群骆驼群，那绿洲上崛起的新兴城镇，那条条孤独而固执的柏油路上奔忙的车辆……当火车的长鸣撕破高原的沉寂，当飞机的歌声在云中回旋，一切都令人兴奋欢欣鼓舞。人杰地灵，雪莲在冰山上怒放，雪寒哺育了驰名中外的冬虫草，诸如黄七等高原特产不胜枚举。单就那柴达木的盐疙瘩，足以叫人欣羡得晕过去，人们在改革开放的大潮中找到了新的"图腾"。

  古城西宁拉萨再展丰姿，新兴的格尔木德令哈隆隆的机器声送走了历史的贫困，现代化的烟囱直伸云天，擦亮氤氲的双眼，迎着九十年代的东风，高原也再现风流……

  （唯一保留的一篇中学习作）

麻雀为邻

# S先生是个好学生

S先生是迄今为止我教过的年龄最大的学生。

入学考试时，我就记住了他。他和我父亲一般年纪，却穿牛仔裤和运动服，还和一群"孩子们"竞争。虽然我久闻香港人惯于进修充电，但还是对他很好奇。

开班时，我见到了S先生。他做自我介绍，吓了我一跳。因为他操一口纯正的普通话，声音醇厚。我猜测他多半是北京人，或者曾在北京生活过。他说他退休了，还想发挥点儿余热，希望取得普通话等级证书后能够再就业。"老当益壮，宁移白首之心。"我很感动，还能感受到大多数同学亦为之感动。

记考勤或点名回答问题时，我尊称他为"S先生"。学生们

可能受我的影响，皆如此呼他。

　　S先生是个难得的好学生。他从不旷课，从不早退。每次上课，他都会提前十多分钟到。每当从我面前经过，他总是笑呵呵叫我"张老师"，慈祥中带有一丝羞涩，还有学生对老师的那种天然的敬畏。

　　有意无意，我获知S先生非常热心帮助同学。他会给同学们传授学习普通话的心得，用心纠正他们的发音，还与他们分享相关的普通话学习资料。

　　我要求同学们背诵余光中的《乡愁》，还有徐志摩的《再别康桥》，并登台脱稿朗诵。好多小姑娘都栽了跟头，S先生却出色地完成了"功课"。我乘机以他为楷模，鞭策其他同学："年龄不是问题，态度决定一切。"

　　S先生喜欢微笑，年过六旬的他依然葆有孩童般纯真的笑容和眼神。当我让他回答问题时，可能是没有做好心理准备，他会下意识吐吐舌头，一脸胆怯和无辜的笑意。那一瞬间，我依稀看见了他童年时读书的身影。

　　谁说岁月潮汐会将每个人冲刷得面目全非？谁说童真难以抗拒长大成人的悲剧宿命？

　　课堂上，我要求学生写一句话作文，题目为"爱"。

　　"爱，让我不能自拔！"S先生语出惊人。

　　全班哄然，我亦忍俊不禁。

　　S先生笑得更加辉煌，更加天真，更加质朴，更加憨厚，更加无辜。他企图辟谣，企图消除同学们"不怀好意"的哄笑。

　　我赶紧替他救场。我说："S先生，你没有必要解释……从写作的角度说，你是成功的。因为你表达出了超越年龄界限的特殊情感，没有人云亦云，做到了'语不惊人死不休'。大家不要自以为是，不要认定'不能自拔的爱'一定是你们这些年轻人的专利……"

S先生是个好学生

麻雀为邻

我一本正经火上浇油，全班再度哗然。

S先生笑容更加灿烂，与大家同乐。

口语练习时，我了解到S先生零星的背景：他出生在上海，是家里最小的孩子。十岁丧父。十七岁去黑龙江插队，在那里一待就是十年……慈爱的父亲活现在他内敛的讲述中……

S先生什么时候移民香港，他在香港的生活境遇如何，我就不得而知了。

我深信，S先生是一个幸福感相当强烈的人。否则，他很难有如此纯真的笑容。

我还深信，S先生是一个热爱生活的人。否则，他不会在如此"高龄"重返课堂。

我衷心祝福S先生能够尽快找到合适的工作。如果有机缘，我想帮帮S先生。

若干年后，我也满头白发，我当以S先生为镜。

沈锦荣，是S先生的尊姓大名。

D卷　语芜

## Y兄，加油！

  不知是否有人研究过，大多数南方人为何生得如我般瘦小？即或同是南方人，地域不同，形貌相差亦甚大。比如，江、浙、川、湘一带的男子多清秀、白皙，而岭南以南的男子则多黝黑、粗粝者。
  初见Y兄，不禁暗惊。至少一米八五的身高，皮肤黝黑，表情严肃，恐怕在全港亦属罕见的彪形大汉。不过，他戴的眼镜，以及说话的顿挫感，彰显了他的斯文。
  "大块头有大智慧"，此话果真不假。Y兄虽系土生土长的香港人，普通话说起来有点儿磕磕绊绊，但他一出口就能惹人发笑。浑身的幽默细胞咕嘟咕嘟往外冒，时常惹得全班同学捧腹。我赞其"语音面貌一般般，但表达效果颇佳"。

麻雀为邻

　　Y兄的中文功底不薄。课堂上我提的许多问题，别人茫然摇头，他却能应答自如。他的作文颇显创作功力，张弛有度，张力十足。

　　内地人常说香港乃文化沙漠，相当一部分香港人似乎亦如此妄自菲薄。而在我看来，如Y兄之类的相当一部分香港人，国学功底远在一般内地人之上。除却天赋异禀，还有家学渊源，甚至是中文情结。

　　口语练习那天，Y兄雄赳赳登台，一贯严肃的国字脸上挂着鲜见的笑意。一开口还是那么吃力，但还是那么引人发笑。

　　"戴（大）家能猜出我是干什么的吗？看看我这体形和身高，是不是太野蛮了？你们见了我是不是有点儿紧张？你们紧张那就对了。"Y兄自我调侃。

　　大家已笑成一片，一致认为Y兄是搞体育的。

　　"你们都错了啦，我是一个老师！没想到吧？"Y兄声音嘹亮，笑容竟也灿烂。

　　"你是教体育的！"有人信心百倍。

　　"不是的啦……我教中文……你们想不明白我这样的还可以当教师？我告诉你们，我要是不长成这样，我还当不了教师呢……"Y兄欲擒故纵，竭尽"卖关子"之能事，吊足了全班同学的胃口。

　　"我先给你们讲一个发生在我所教的那个班的故事吧！也许你们就知道我教的是什么样的学生了。前不久，港大俩美女学生来我班实习。两位实习老师笑容满面地站在讲台上，温柔地自我介绍：大家好，我是……我是……她们还没介绍完毕，后排一个男生就站起来大声嚷嚷……我想强奸你们！全班大乱，许多同学都在吹口哨、尖叫……另一个男生突然站起来，抽了刚才说话的那个男生一耳光。我暗暗松了一口气，想不到班上还有敢于打抱不平的同学。可是，你们猜猜后来发生了什么？别猜了，我相信没人能猜得出的……那个打人的男生骂道：你他妈胡说什么，

Y兄，加油！

我们这么多男生，怎么能说是强奸呢，我们应该轮奸她们……"

全班鸦雀无声，我亦不知说什么好。

"现在你们明白了吧？这就是我们这些在香港三流中学任职的教师的悲惨命运。因为我个子大，长得吓人，学校就聘请我了。学生想找我打架，他们得掂量掂量……我每天都不想去工作，因为不知道一进教室就会有什么可怕的事情发生……可是，我需要养家糊口……没办法……这就是我来这里学习的原因，我希望有一天我能离开那所学校，去一所风气好一点儿的中学教中文……"

我猜测，Y兄所教的应该是类似于内地工读学校的学生，或者说是少教所的学生。

同样是做教师，我感觉我比Y兄幸福得多。我所教的北师大学生大多是中学时代的佼佼者，且大多是爱学习且会学习的好孩子。我在香港浸会大学所教的社会学生，大多经历了人生的风风雨雨，懂得知识对于安身立命的重要性，至少懂得珍惜自己的学费。因此，大多数学生不用怎么"管理"就能恪守师生礼仪。我能感受到做教师的荣誉，每次走进教室心情都是愉悦的。倘若我遭遇了Y兄那样的待遇，我想我多半熬不下去。

我一直认为，大学之前的基础教育在整个教育体系中至关重要，非常钦佩那些从事基础教育工作的人，是他们将孩子们培养成才，送进大学深造。而我们这些大学教师所做的不过是锦上添花而已。"巧妇难为无米之炊"，没有基础教育提供的璞玉，高等教育向社会输送精英人才的可能性就大大降低。因此，提高基础教育工作者的待遇，夯实基础教育，是维系良性教育生态的重中之重。在此，我向Y兄之类的基础教育工作者致敬！

我倒希望Y兄能以"我不入地狱，谁入地狱"的襟怀坚守岗位。若能督导如此荒唐的学生不坠入犯罪深渊，甚至能将其雕琢成可用之才，Y兄的功绩当不亚于"造七级浮屠"。

Y兄，加油！

麻雀为邻

# R君的中文情结

　　教师要求学生上课从不迟到，似乎是勉为其难之事。然而，次次上课都迟到的学生，绝对需要"众里寻他千百度"。

　　想当年毛主席他老人家说："一个人做一件好事并不难，难的是一辈子做好事，不做坏事！"而我这个教书匠化用他老人家的话，"一个学生上课从不迟到很难，难的是次次都迟到"。

　　R君听我的课将近一年时间了，我便有幸撞见了他这位上课"次次迟到"的学生。

　　R君迟到的时间相当精准，每次约四十分钟。每当我讲课正酣，他便拎着公文包，笑眯眯推门点头致歉，然后笑眯眯从容不迫走向教室左后的位置。

更令人难以置信的是，每次考试，R君皆迟到不商量。

某次我查考勤，念出R君的名字，他正好笑眯眯推门而入。

"说曹操，曹操到；来得早，不如来得巧。"我调侃。全班哄然。

R君的笑非常恒定，像是装裱在面孔上，始终保持着"眯眯笑"的刻度。除了笑之外，我似乎从未见过他的其他表情。笑的品类繁多，但我至今未见过他开怀大笑，甚至未见过他露齿而笑。即或面对紧张的考试，他亦笑眯眯，似与考试卷新婚小别。

如若以佛相喻，R君非笑面佛莫属。生活奔波劳顿，人生变化无常，能始终含笑面对，委实为一种难能可贵的境界。年届五旬的R君，究竟经历了怎样的历练和修炼？

我渐渐了解到，R君之所以留下次次迟到的"恶迹"，不过是不得已而为之。

R君就职于某中学，教设计等课程。他还是学校的后勤主任，自然琐事缠身。放学后匆匆驱车到浸大进修，迟到便在所难免。

我暗自思忖：既然没有时间来上课，何必如此费心劳神？再则，R君工作稳定，且身为教师，进修此课程有何必要？许多学习此课程的同学，为的是取得在香港地区教授普通话的教师资格，以期教普通话营生。

"我的父亲曾毕业于黄埔军校，因为众所周知的原因来到了香港……父亲生前常常对我说，'作为中国人一定要会说中国话'。粤语不过是方言……因此，我从小就懂得我是中国人，我要说好中国话……小时候我生活在香港乡下，我的普通话是跟我的邻居伯伯学的。他来自北京，是国民党的逃兵……我的'逃兵伯伯'非常善良、慈祥，他说的普通话很好听……他对我特别好……因此，我从小就觉得北京人很好，普通话很好听……可以说，我有'普通话情结'……当我看见浸会大学有北京来的老师教普通话，我就报名来学习……"R君在口语练习课上袒露了心迹。

我感动于R君父亲的"中国人说中国话"之炎黄气概，更

R君的中文情结

感动于R君的"普通话情结"。

当内地许多教育专家呼吁"把孩子们从动漫、网络游戏中解救出来，让孩子们爱上我们的汉语母语"，当内地的许多家长痛心于孩子不喜欢文字阅读，殊不知在这被内地人称之为"文化沙漠"的香港，竟然还有如R君一般的汉语迷恋者。

自那以后，我默认了R君的"次次迟到"，还时不时给予他一些"照顾"。派发学习辅导材料时，我会提醒他身边的同学捎一份给他。临近考试，我会叮嘱同学通知他。我宁愿冒着"偏心"的风险，尽量帮助一个有"困难"的学生满足他的"普通话情结"。

R君写得一手上佳的硬笔书法，古典诗词亦颇见功底。浑身上下漫溢着中国传统知识分子的气息，儒雅，谦逊，平和……

R君有三个儿子。其中，有一对双胞胎。"……哇，吓了我一跳……怎么还有一个啦？"R君如此描述双胞胎儿子降生时带给他的惊喜。

国家语委的官员如果了解R君的"普通话情结"，我建议应该颁发给R君一个"最爱汉语母语奖"！

## "模范男人"H先生

因在北京生活了近二十年，北京成年男性典型的面貌特征已烙印在我记忆深处。走进教室，看一眼H先生，我便笃信他来自北京。大眼睛，丰腴的面容，宽厚的体形……只要你漫步北京街头，这样的中年男人比比皆是。

H先生可谓香港资深的普通话教师，现就职于某教育学院。因为他年长于我，我很少直呼其名，多称其为"H先生"。班上总共有两个男生，他或许找不到同类，显得有点儿沉默寡言。他很用功，除了做笔记，我还能捕捉到他专注聆听的神情。

进进出出打个照面，H先生会向我鞠躬示意，或者用京腔喊"张老师好"，典型的香港绅士男人风范。

麻雀为邻

　　课堂上进行一句话作文练习，题目为"爱"。"你吃着，我看着；你坐着，我站着。"这是 H 先生提交的作业。

　　来香港后，但凡我接触的香港男人，大多绅士得令我这个内地的所谓"知识分子"汗颜。许多香港男人对待女人彬彬有礼，对待太太更是将新"三从四德"演绎得淋漓尽致。

　　我既惊讶于 H 先生这位曾经的北京男人的"香港化"，又感叹于他粗犷外表之下激荡着的似水柔情。我在班上表扬了他的作文，并武断地阐释："朴素地写出了丈夫对妻子平凡而动人的呵护。"

　　第二次课堂小作文练习，H 先生的作文颇有新意，我让他到讲台上朗读给大家听。上台时，他不小心碰倒了某位女生的水杯。过道对于他来说确实有点儿狭窄。他一边吃力地弯下腰拾捡杯子，一边面无表情地说："对不起，我太宽了！"

　　全班哄堂大笑，H 先生仍旧一本正经。他偶露峥嵘的冷幽默，应该是仅仅露出了"北京侃爷"的冰山一角。

　　某日放学后，我去尖东搭乘西铁，巧遇 H 先生。他亦搭乘西铁回家，在荃湾站下。我们结伴而行，他依旧礼貌有加。

　　"张老师，谢谢您的鼓励，表扬了我的作文。那天回到家，我的太太和儿子都分享了我的快乐，我们一家人为此还去饭馆撮了一顿……"H 先生依旧不苟言笑，但声音和眼神都充满了真诚。

　　我实在没有想到我的一句职业性表扬，竟然会带给 H 先生一家一个晚上的快乐。我更没有想到，H 先生一家人的幸福指数是如此之高。

　　失败之时，有家人替你分担痛苦；成功时，有家人同你分享快乐。此乃上苍的眷顾。我很羡慕眼前这个与我分享他家庭生活的中年男人。在我的印象中，大多数中年男人稳重有余而激情不足，绝少会向陌生且比自己年少的人袒露喜怒哀乐。

　　"张老师，其实，您对我有一点点儿误解。"他说。

"模范男人" H 先生

我很吃惊 H 先生的坦率，不知道我究竟犯了什么错。

"'你吃着，我看着'，那是我对儿子的'爱'；'你坐着，我站着'，才是我对太太的'爱'。"他说。

我恍然大悟，心中似有悬石落地。如果我早知他有孩子，我一定会称赞他是"一个称职、无私的好家长"。

H 先生出生在北京。他的父亲是广东江门人，曾毕业于北京师范大学，是我的校友。我很难相信 H 先生乃广东人之后，"一方水土养育一方人"，这老祖宗传下来的古训确实奥妙无穷！H 先生毕业于南开大学，八十年代移民香港。他会说粤语，但他的京腔依旧相当地道。尽管他的礼仪已经非常香港化了，但我仍旧认定他是我的"北京老乡"（我一直视北京为"第二故乡"）。我很想知道他是否完全融入了香港，但我感觉他浓重的京腔，应该在一定程度上泄露了他与香港的疏离。

又一次放学后搭乘西铁，巧遇 H 先生和他的太太。虽然我知道香港人大多比实际年龄年轻，但还是没有料到他的太太是如此年轻漂亮。在他太太面前，我第一次发现了 H 先生温柔的笑容。我蓦地明白了他甘愿为妻儿当奴仆的缘由。贪恋女人漂亮好像是男人的本能，亦是男人的"阿喀琉斯之踵"。我猜测 H 先生可能是二婚。事实上，他的太太是芭蕾舞演员，只比他小两岁，系原配。很明显，两情相悦，是绝佳的"驻颜之术"。

"我认为婚姻就是赌博，但我赌赢了。你可能不会相信，我们没有恋爱就结婚了……我们真正恋爱是从婚后开始的……"H 先生说。

对于婚姻我没有多少发言权。但我感叹于这个拥有"香港身份"、曾经的北京男人的非典型"香港爱情"。

"刚来香港时，我坐了一年'移民监'。一年时间不能离开香港，实在难熬……移民监结束那天，我立即坐火车到罗湖，进入深圳。没有任何目的，就是想到处看看、闻闻……虽然我已经是香港人了，但我感觉一过了罗湖就无比亲切，像是回家了。其实，我父母和妹妹都在香港……那天，看见深圳街头那些骑自行车的，我很想随便拽住一个人，哪怕我给他钱，让我租他的自行车骑骑（香港骑自行车的多为专业/半专业运动员）……那种回家的感觉太奇妙了，虽然深圳没有我的家……来香港二十多年了，我始终没能融入……很少有可以交心的朋友……其实，我是一个性情中人……"H 先生娓娓道来，声音沉郁。

虽说香港是中国的一部分，但它与中国确实不同。我每次过口岸，北行就能找到回家的感觉，南行便有背井离乡之怅。一百年的距离，并非一关之隔么简单。H 先生于我，心有戚戚焉。

"……还好，你有温柔、漂亮的妻子，你还有乖巧、懂事的儿子……家的温暖足以抵御你没有朋友的孤单……"我安慰 H 先生。其实，我怀疑我或许没有资格安慰他。

我很想告诉 H 先生，我们一旦离开后，许多时候就无法再回到从前。

也许我浅陋的人生经验在 H 先生面前不过是班门弄斧，因此，我缄口。

## 那年我们同为劣兵

多年没有国文（大学舍友）的消息，最近他在 QQ 群现身。说正专注于哲学，并以"先有鸡还是先有蛋"的命题和我探讨。读了他的哲学随笔，甚为叹服。早已无法深刻的我，恨不能举三只手投降。在这"娱乐至死"的全民狂欢时代，竟然还有他这等追求厚重者，委实令人刮目。披着"人文学者"外衣的我，只能汗颜，外加颜面扫地。

深度对话无法继续，只能返回世俗日常。二十年前我们相遇，二十年后各有各的精彩快意、沉郁悲辛。境遇不同，心态各异。所幸四年同窗情谊，一千多天朝夕相伴，看似波澜不惊，却不知不觉成为了彼此的一个记忆结，潜藏于血脉深处，可将横亘的重

重时空瞬间击碎。

　　国文发送我一首据说是当年流行的歌曲《风中的承诺》，我竟然毫无印象。当音乐声响起，确实耳熟。看来，每个人关注的重心不同，留存在心壁上的印迹自然各异。音乐将我带回远去的青葱岁月，我立即想起了周华健的《花心》。周华健的歌好听难学，一个很恶俗的歌名，怎么就强占了我1993年的夏天？

　　那年五月，数十辆军用卡车拉我们去昌平阳坊某通信团军训。我们是唱着"春去春会来，花谢花会再开"走进军营的，开始了为期一个月的"士兵"生涯。

　　我和国文分在二连九班。我们同属袖珍男生，自然位列队尾。夹在我们中间的是教育系的一个姓范的哥们儿。我们的班长也很袖珍，让人疑心他是走后门才混进军营的。袖珍班长非常严厉，甚至不近人情。天天晚上拉练我们，有一天晚上接连拉练我们三次。有个不会打背包的哥们儿，竟然抱着棉被跑了三次。那时候的阳坊绝对属郊区，四周是农田，黑灯瞎火，真不知他是怎样跑下来的。

　　据说，我们的袖珍班长考了三次大学，每次都差一分，未能及第。

　　最难熬的还是白天，袖珍班长就像和我们前世结有深仇大恨，目光如隼，出言不逊，甚至出口成脏。

　　"别跟我嬉皮笑脸的，×！有什么好笑的？"

　　"不服气唆，别以为你们是什么×大学生就了不起了，这是什么地方？是军营！"

　　……

　　他越是剑拔弩张，我们越是觉得滑稽，加上不习惯挨骂的反叛情绪，总有同学憋不住笑场。夹在我和国文中间的范哥们儿属于那种蔫儿坏的主儿，每当袖珍班长斥骂，他就小声骂回去。他具有冷幽默气质，说话能让周围的人笑喷，自己却跟没事儿似

的。可想而知，我们这些憋不住笑喷了的，就被袖珍班长抓了现形。出队列，亮相，或单独操练。其实，笑喷的不只我和国文，还有旁边那些庞然大物。但袖珍班长深谙"吃柿子挑软的捏"，总拿我和国文开刀。

拔军姿挺过去了，却撞上了踢正步的鬼门关。我、国文，还有夹在我们中间的那位范哥们儿，次次都被拎出来单练。我觉得我踢得很标准的，当然不服气。不敢言语顶撞，只好视袖珍班长如空气。不管他如何咆哮，仍旧我行我素。袖珍班长忍无可忍，让我单独出列。听他的口令，一直往前踢下去。我火气上蹿，踢得威武雄壮，虎虎生风。一赌气，不听他"停"的号令，径直踢到了营房大门口，直到被值勤的士兵拦住。还被巡视的连长撞见了。

军官、士兵们恰好暂歇，我成了整个操场的焦点。

"怎么被单练了？"连长和颜悦色。

"总挑我的毛病，说我踢得不标准！又不说我哪里出了问题，不是打就是骂的，像是对待俘虏。我踢给您看？哪里有问题？"我已铁了心挨处分了，索性面无惧色，和盘托出。

连长看了看，笑笑："呵呵，踢得还不错呀。看来，单练还是有效果的。都快踢出军营了，还踢不标准，那就说不过去了……"

连长护送我回队列。

袖珍班长没再言语。

接下来，当大家都在休息的时候，我们三个还是被单独拎出来操练。

"你看看你们踢的啥？就三个人，还踢不整齐！"袖珍班长厉声呵斥，激起满操场爆笑。

后来，我们终于意识到我们三个无论如何是不可能整齐划一的，因为范同学有腿疾。

那年我们同为芳兵

也许，袖珍班长并不知情。

即将会操比赛，担心我们拖了全班的后腿，袖珍班长把我们三个"劣兵"驱逐了，下放到厨房当炊事兵。虽然心有不甘，但厨房里好吃好喝，还不会遭受打骂，我们也乐得自在逍遥。

帮厨的间歇，范哥们儿说："对不起，我连累了你们。"

"你的腿怎么了？"

"我小时候太捣蛋了，有一次爬到屋顶上摔了下来，就跛了……"

"你为什么不向学校提出特殊申请？可以免训的呢！"

"……我想体验军营生活……"

我们沉默了，眼里都有了泪光。

听着操场上嘹亮的口号声，我们不约而同起身，认认真真洗黄瓜、青菜、萝卜、白菜……

那时候我只觉得自己很难堪，而今，我才明白范同学当年承受了多么巨大的心理压力。

军训结束后我们返回学校，虽然不同系，却间或有往来，也算是患难见真情吧。

毕业后，我不知他去了哪里，至今没有音信。依稀记得他是河南人，叫"范佛迪"还是"范福迪"。

## 似是"领导"

这个异常寒冷的冬天。这个异常难熬的冬季。

上硕士课程班的课,上午两小时,下午四小时,接连五天。嗓子挺争气,不沙不哑。可惜,辜负了学生们馈赠的胖大海和金嗓子喉宝。

我对国内的继续教育向来成见深,笃定又是一群"混学历"的投机者。大呼意外,这个班的学生居然听课相当认真。更为意外,五天来,他们始终给予我热烈的掌声、真诚的笑意和专注的眼神。再一次感受到登临三尺教台的幸福。我当珍藏和他们一起度过的三十个小时。

因为要赶五点去郑州的动车,下午三点匆匆结课。想起孤独、

麻雀为邻

乏味的旅程，自然不舍，还有不情不愿。背起行李，空落落的，总觉得哪里不对劲儿。连日披星戴月，走下讲台便飘飘忽忽，只是想睡觉。

车如蚁蝼蠕行，多亏彦斌拨冗代驾相送，赶紧瘫在副驾上小寐。我何等居心叵测，居然盼望堵车，以便名正言顺误车。岂知彦斌做足了功课，取道西客站南广场，提前一个多小时到达。行李箱并不重，但对于疲惫不堪的我来说，走过长长的甬道还是有些吃力。彦斌当了车夫，再扮脚夫，分文不取，我只是在心里回赠他"活雷锋"。

虽是春运高峰，没有谣传那般拥挤。五个半小时的行程，属可消磨的范畴。十一点到达郑州车站。接站的小伙子发短信说，出西出站口，到地下停车场入口处，他手里举着写我名字的纸牌。虽然手机没电了，我并不慌张。

站台昏黄，我随人流踟蹰，找不到西出站口。向身边一位先生打听，他指引我方向。不想让接站的人久等，我加快步伐，把那位先生甩在身后。

行至第一个地下通道口，我迷惑，驻足，欲打听。

"就从这里下去！跟我走吧！"那位先生出现在身旁。

出于礼貌，也出于感谢，我主动和他寒暄。

"您来这里出差？"

"我从北京出差回来。我是郑州人！你来旅游，还是出差？"

"我到郑州师范学院讲课。"

"马上过年了，还上课？"

我点点头。

"有人来接你？"

"说是在地下停车场。"

"我正好也去那里。"他说。

顺利到达西出站口。下意识搜寻举牌子的人，我没有找到

似是"领导"

我的名字。

"没找到吗？"

"说是在地下停车场等。"我说。隐隐有点担心。

只好随陌生的他走向地下停车场。

来接他的那辆奥迪A6就停在车场入口处。

他没有立即上车，站定，问："找到了吗？"

我四下搜寻，还是没发现那块找我的牌子。有点儿慌张。

"打手机吧？"他说。

"手机没电了。"

"记得号码吗？我帮你打！"

万幸，我记得。

"你是来接一位讲课的老师吗？"他语气平和，"我说你怎么回事儿，应该在门口等啊。这么晚了，你让一个外地人到处找你，他手机没电了。赶快过来吧，他就在地下车场入口处！真是的，你看你这事做得多么不合适，怎么能这样对待客人呢？"他声音逐渐提高，不怒自威。"不用担心，那个地方我很熟悉，如果找不到，我可以送你过去。"

好像我是他请来的客人，好像是他的下属没有把事情办妥。

终于看见了来接我的人。

奥迪车司机拉开车门，他派头十足，上了车关上车门的瞬间，冲我摆摆手，依旧不苟言笑。

他可能是某个单位的领导。

麻雀为邻

# 哥或叔

不上课，无聚会，没球打，别无选择被宅男。琐事几大堆，突然啥都不想做，决定下楼给自己放风。

说是放风，还真被风给放了。风与沙尘沆瀣一气，把我刮得东倒西歪。它们一定以为，我是一棵会行走的树！

春天还真是来了，就在我家楼下的"绿"地里。

桃花树树开放，准确说，应是怒放。放也白放，风如此疯狂，沙如此暴戾，花枝乱颤，倩谁堪怜？纵有怜香惜玉之柔情，只能捂着嘴歪扭着身子象征性驻足，匆匆一瞥那万种风情。

北京的春天总是姗姗来迟，却没丝毫愧意，十足的领导、大腕儿派头。四处皆能一睹繁花胜景，奈何柔情总被风蚀沙扰。

滚滚风尘中，花香得虚伪，叶绿得夸张，如同全然不懂化妆技艺的臭美者。

风沙可怜介，蓦然停歇了。阳光依旧透亮，心情奇好，一定是抢走了本该砸着我的超大馅饼。几个物业的小姑娘站在桃花丛中，笑得比桃花还放肆。

"大叔，帮我们合张影。"一个小姑娘冲我笑啊笑，一点儿也不生分，让我误以为我是她亲叔。

按下快门的瞬间，我还在耿耿于怀：我至于那么老吗？叫"叔"也就罢了，还附加了个"大"，也太慷慨了吧？情商有木有啊？叫一声帅哥会伤了她们男朋友的自尊？即或"叔"很难变成"哥"，至少可以给"叔"修饰一下下，加个"帅"会要谁的命啊？

我有点后悔，应该敷衍她们两下下，或者把她们拍得缺胳膊少腿的，让老大爷看了都会撇嘴。

闲着也是闲着，决定去洗车。不记得多少天没洗车了（据说只有暴发户才天天把车洗得锃明瓦亮的）。露天车位上方那窝喜鹊，频频肆无忌惮往我车上排泄。旁边几辆车它们视而不见，有点平均主义意识好不好，别拿一辆往死里坑啊！恨不能捣毁它们的老巢，借我一百个胆，我还能把那高大的杨树咋的？还是苦笑一下吧，假装超洒脱，无所谓。

驱车出门，在大门口被保安拦住了。车窗刚摇下，只听那小子高喊"哥，出门条！"待车窗落到一半，他以"迅雷不及掩耳盗铃之势"把"哥"升级成了"叔"，还好，没再慷慨送我一个"大"。

"群众的眼睛是雪亮的"，看来，我还真是步入叔辈行列了。这些孩子顶多十七八，叫我"哥"，他们肯定觉得失礼。这些懂礼貌的乡下孩子啊，应该表扬，大大地表扬，包括那几个叫我"大叔"的女孩子。还好，我肯定把她们拍得比本人靓丽好多倍。我

麻雀为邻

还是有胸怀的大叔吧?

　　突然想起几天前去同一首歌K歌,一群小清新超萌的女孩子叽叽喳喳从身边拥过。

　　"我们还是别在这里唱了吧,八零后那帮老鳖们老窝在这里!"一个女孩子嘴不积德。

　　我险些扭头就走。八零后都成老鳖了,我这张老脸还好意思来这里混啊。

　　某日讲课,随口问那群大二的学生:"你们是九十年代上的初中吧?"下面哀鸿遍野。突然意识到,九十年代对于他们来说不过是"很久很久以前",他们的记忆依旧是新鲜的。而我,确实有些古老了。

　　洗车店有个非常暧昧的名字——汽车美容吧。过完年,先前那群青春勃勃的洗车工几乎全都换了新面孔,只有一个面熟。我冲熟面孔笑笑,寒暄。像是得到了天大的奖赏,他回敬我非职业非礼仪的微笑。然后,他敦促那些新面孔别放过我车上的一个

小水滴（他应该是个主管），附加免费测轮胎气压。来这里洗了一年多的车了，头一次得到了贵宾级礼遇。心情自然好得藏掖不住，还因头一次洗车不用排队（通常得等候两小时）。

我自然小人得志，喜上眉梢。"真是破了天荒了，今天你们这里的客人这么少？"

"大哥，你没听天气预报吗？今天下午有雨啊！"熟面孔笑容可掬。

我只好讪笑，假装不在意。不幸中的万幸，他慷慨地把我从"叔"的宝座上撸下来，降格为"哥"。哥也好，叔也罢，哥是传说，叔是传说中的传说，不是浮云就是过客。

清除了浮尘和鸟粪的车焕然一新，像是新买的。哥，哦不，叔，太有钱了，出趟门就买回一辆新车，跟买棵大白菜似的。下雨就下雨吧，那还有什么要紧？

下午没有下雨！

相传，说"降水概率80%"，是因为四个气象预报员预报"有雨"，只有一个预报"晴"。

麻雀为邻

# 牙疼过后的幸福感觉

流"月"不利,先是遭逢诈骗,继而牙疼来袭。疼!疼!!疼!!!两个星期了。

忍着剧痛开车,一趟一趟一趟跑医院,牙科号皆满。前天泊车时,疼得天昏地暗。熄了火,忘记拔钥匙就离去。今天出门,四处找车钥匙不得。只好跑到车场看个究竟,车门一拉就开,钥匙还插在锁孔里。幸亏车膜贴的是深黑色,很难看清里面。否则,后果不堪设想。钱夹子,所有的证件,都留在车上的。

据说,除非早上六点就到医院排队,否则,是无法挂上号的。万般无奈,只得求助于票贩子。可是,贩子手里的票早已脱销。

估计是牙神经发炎了,不然不会令人痛不欲生。恨不能把

那颗疼痛的牙齿咬碎，可哪还有那力气？只能喝稀粥，一天一天喝，喝得浑身乏力。牙疼导致了左半边脑袋疼，木木的，像是被棒槌击打过了。要是真的木了也还算幸运吧，偏偏间或还异常清醒，随之而来的是无法用语言描述的剧痛。当疼痛袭来，感觉活着都没什么意思了。平时的那些爱好，各种欲望，都无法抗拒这令人抓狂的疼痛。突然意识到身体健康才是人生最大的乐趣，没病没痛似乎就应该特别知足才是。

跑了四家医院，都扑了个空。以前听说就医难，因为好多年没生过需要去医院的病，只当是谣传。正如外地朋友问我"北京究竟有多堵"，我说那不过是新闻报道而已，因为我现在几乎没在上下班高峰期滞留路上。这一次我算是知道"锅真的是铁打的"，就医真的是太难太难。差点儿就想假装晕倒在医院里，等着救助。要是没人可怜呢？自己爬起来那多没趣。或者，被囫囵拉去做各种不必要的检查，岂不得不偿失？

只好想到走后门了。四处打听有没有认识做牙医的。可叹我文科出身，我的同学、朋友中几乎没有当医生的，更不用说做牙医的了。还好，拐了十八道弯儿，横下心，厚着脸皮（在疼痛的淫威面前，脸面并不重要了）请求一位萍水相逢的朋友帮忙，终于挂上了号。可是，还得等上一个星期，不得不说是"好事多磨"。不过，这样的"好事"还是将我彻底遗忘了好。我相信一定能熬过去的。与当年考大学和研究生所受的苦相比，这牙痛之苦应该短暂一些吧。不过，说实话，牙疼还真比考大学考硕士考博士痛苦得多。

想着那遥远的下周三下午一点半，我对自己喊"龙哥，加油！坚持住！"不就是七天吗？日本大地震中有对祖孙，埋在废墟里九天都挺过来了呢。更何况我粮草充足，衣食无忧。只是，我目前对任何美食、华服都没有欲望了。我最想见到的人是牙医，不管是男的女的老的少的高的矮的胖的瘦的美的丑的，只要是牙医，

牙疼过后的幸福感觉

就是我的梦中情人啊！

　　下辈子，我想做医生。或者，娶一个医生做老婆——这个秘密千万不能让今生的老婆知道了，那我就死定了！不过，要是她现在能让我的牙不疼，别说下辈子，就是下下下下辈子，我都会娶她做老婆。

　　我的神哪！哪位朋友认识牙医啊？我忍着剧痛敲打这些凌乱的文字，发出 SOS 信号！疼痛排山倒海再度袭来，我只好暂时停歇了。衷心祝愿朋友们牙口好，胃口好，吃嘛嘛香！

　　一周总算痛过去了。此刻，夜深人静。我接着写这篇随感。

　　依稀记得小学时学过一篇名为《幸福是什么》的课文，那时不知所云。以后若干年，时不时会遭遇"幸福"这个词，间或会问自己"幸福吗"。直至不惑之年，最令我迷惑的莫过于"幸福"。

　　那日微雨中流连于西湖，与大学同窗国周在孤山前留影。几位大学生模样的美女找我为她们拍照，她们异口同声说"谢谢大叔"。我愕然，望着她们嘻嘻哈哈的背影，心里顿生几丝悲凉之感。一直自豪于自己心态比较年轻，她们用一句话就冰凝了我仅存的一点儿幸福感。

　　未及仔细看看路边的风景便人到中年。无忧无虑，自然与我的童年不相干。少年时读《红楼梦》，因无法消解"古来将相今何在？荒冢一堆草没了"，忧郁自然濡染了我青春的底色。赶高考，考硕士，读博士，一场场决定命运的考试堪比血雨腥风，一次次凯旋遮掩不住二十载寒窗苦读的愁颜，何曾久久开怀？

　　初离校园那阵儿，我笃信一切皆有可能。我以为我可以登上那没有天花板的旋转舞台，结果呢，发现自己不过是被谁随手摁在墙壁上的图钉。糊口的本能，养家的责任，迫使自己臣服于现实，假装遗忘了昔日的凌云壮志。"不是每个人都有能力改变世界，不是每个人都有机会改变世界"，我以过来人的世故告诫

那些不曾碰壁的小年轻，别无选择说服自己"甘于平庸"。

幸福是什么？想起"自在不成人，成人不自在"，我不禁狠狠"切"一声，"还幸福呢？执迷不悟！"尽管如此，我还是时不时会被"幸福"蛊惑一下。比如，清晨拉开窗帘被北方透亮的阳光热辣辣地拥抱；比如，披星戴月驾车返回位于城北地带的蜗居；比如，读到某一篇妥帖心魂的文章；比如，把自己装修一番蹦蹦跳跳出门去；比如，在羽毛球场上厮杀、呐喊；比如，偶尔去茶吧打升级……只不过如此美好的感觉稍纵即逝，宛若水月镜花海市蜃楼。更多的时候我无缘由板着面孔，在这座城市里机械地游走。

牙疼突然袭来那天，如同当头棒喝，我蓦然惊醒：在身体安然无恙的日子里，我其实拥有太多太多的幸福。幸福信手可拈，以致浑然不觉。疼痛究竟是什么滋味？我自然是说不清楚的。痛到崩溃边缘时，终于明白了何为"万念俱灰"。

幸福＝牙不疼。幸福就是见到了陛下级别的牙医。幸福就是这个周三的下午，我从手术台上下来，和那位只能看见她眼睛的牙医说"谢谢！"我其实还想说"你是我的救命恩人哪"，唯恐她觉得我夸张、矫情。

驱车回家前，我赶快给老婆打电话："我要吃回锅肉，还要吃……还要吃……我可以吃下一头牛！"

心安理得地堵在路上，刀郎的歌声再度让我沉醉。

此刻，疼痛感不再蹂躏我，我似重罪获释，我真的看见幸福的花儿遍地开放。从现在开始，我要做一个幸福的人。

麻雀为邻

# 没说一句话的一天

得承认，我们每天都说了不少废话。

作为教师，我自然跻身废话大王之列。如若一生一句废话都不说，是否可以节省许多时间？取得辉煌的成就？

一句废话都不说的人，非圣贤神明莫属。

2009年9月16日那天，我被迫没说一句废话。确切说，是没说一句话。

那天我没有课，自然就丧失了最有可能说话（废话）的机会。

和我同住的刘教授照例早上八点出门，去香港教育学院坐班。香港浸会大学要求我中午一点半到校，因此，我每天听到她出门了才起床。那一天与往常一样，我们并不照面。

那天楼下看门的大爷，正好是一句普通话都不会说的那位。我出门时向他微笑示意，省去了"上午好"这样的问候。上午十点的香港地铁并不拥挤，进进出出不会给他人带来不便，理所当然又省下了"sorry""对不起"之类的歉语。我的八达通（一种万能的地铁卡）暂时不用充值，因此不必对管理人员说"谢谢"或"Thank you！"。从暂住地观塘到九龙塘，我已熟悉了各种路线，不用再捧着地图问路而劳驾他人。

　　与我共用一间办公室的周教授那天没来，我把自己独个儿关在办公室里，面对他空空的工位自然是没有只言片语的。管理教务的三位女士，是我在浸会大学频繁接触的同事。那一天没什么事，她们三位悄无声息，就连在过道里撞见的机会都归于零。因为初来乍到，我和其他同事几乎都没打过交道。对面不识，顶多微笑示意。Dennis是唯一一位与我不存在直接工作关系的熟人，我们常常在卫生间不期而遇。然而，那天，我们始终没有撞见。

　　我刚刚购买了香港的手机卡，自己都没能记住号码，显然不可能有与人通话的机会。倒是用座机试打了一次，如同多年前初次买了寻呼机，在公用电话亭连呼了自己三遍，以寻求自我安慰。刚刚上了一次课，学生们自然不会有问题需要问，办公室电话一直默不作声。午餐和晚餐我都在楼下的7-Eleven方便店吃快餐，正好碰上那两位只会讲粤语的服务员，我用手势点餐，用微笑代替"谢谢"。

　　和内地的众多亲朋好友大多通过Email、QQ和MSN联络，且不习惯用语音聊天，说话的机会一一错过。夜间十点离开浸会大学返回观塘，门卫不知去向，省了打招呼的礼仪。夜间的香港地铁人烟稀少，自然不会向谁说"sorry"。我从观塘地铁C出口返回天香楼暂住地，常在凉亭处卖小吃的那位老人那晚没有出来营生（可能是因为下雨），我不用为特意照顾他的生意而同他说话。接近十一点，我回到4／F房间，刘教授已经就寝。

洗漱停当，已是十一点半。把自己摆放在床上，没精打采地翻开《瓦尔登湖》，不禁自言自语："今天我可一句话都没说。"

那是 2009 年 9 月 16 日那天我所说的唯一一句话，如果算是说话的话。

一天不说一句话的滋味，难以言说。

有时候能找到和自己说说废话的人，未尝不是一种放松，一种难得的幸福。

# 行车路上的点滴温热

## 1

晚上十点去西客站接人。小心翼翼驱车进入三号地下车库，接近出口的地方竟空着好几个车位。大喜过望，随意将车扎进车位，庆幸运气不错。

接上客人，返回地下车库，我立即傻了眼——出口处排起了长龙。我的车孤零零对着墙壁，左右车位仍旧奢侈地空着。欲倒车，一点点儿往外蹭，简直是异想天开。

不远处有辆夏利，充分利用了娇小的优势，横越车位掉转

过身。那个大块头司机挤入车流时竟不忘冲我鸣笛,不知他是幸灾乐祸还是同情．

探头看那长龙,绝望加崩溃。列车几分钟就到达一趟,这长龙应该会一直绵延。通宵达旦,几时才有短暂的断档?司机们早就等得心烦意乱了,实在没有勇气要求谁为我腾出一车之空。站在车龙前犹豫了一会儿,索性回到车中,听降央卓玛超然物外的歌声,心安理得地等待。突然想起多年前读到过一篇在高速公路上等候的散文,和那位作者的经历竟然如此相似。

不知是谁在拼命摁喇叭,异常刺耳。赶紧摇下车窗,好奇看个究竟。额滴神哪,额的那个亲亲的神哪,我的车后竟然空出两个车身的空位。那个开悍马的司机冲我大声喊:"赶快倒车,赶快倒,我帮你压着后面!"

狂喜啊!快速倒车,左打轮,顺利将车身顺直,驶至出口处交费,冲后车竖了三次大拇指。

依稀看见那是一张年轻的面孔,难得,实在难得!

行驶在路上的司机都是真正意义上的匆匆过客。我们不会有再见的机缘,但是,这点滴温热我自然会珍藏。

驱车回家的路上,那张年轻的面孔,还有他急促的嚷嚷"快倒车",令我温热满怀。没有他的礼让,也许我会在北京西站地下停车场滞留至深夜!

提醒各位驾车的朋友,去机场或火车站接人,千万千万别重蹈我的覆辙。一定要把车停在一个易于出去的地方!万不得已,不要将车停在接近出口的地方。

2

从首都体育大学体育馆打完羽毛球出来,径直走向临时停车位。因为是周末,停泊的车辆特别多。

一辆黑色的奔驰车迎面开来，车速自然相当慢。

一个骑着破旧三轮车的白发老太把在路中缓缓骑行。

"哐当"一声两车刮蹭。大奔左侧被刮得如同涂鸦，老太太及三轮似毫发无损。

两车距离我的车就半个车身的距离。

我看得发傻。可惜了这新车。那司机该不会呵斥、责骂老太吧？若是老太的责任，她如何赔得起？

曾有过一次刮蹭的经历，非常影响情绪。

开大奔的中年人摇下车窗，看了看老太太，老太太一脸无辜地看着他。两个人都没说话。

大奔靠边停车，老太太下了三轮，站在原地不动。

大奔司机下了车，遥锁了车门，看了老太太一眼，潇洒地走向了附近的教学楼。他应该是这学校的教师。

老太太这才回过神来，骑上三轮，慢悠悠离去，好像什么都没有发生。

时常看见媒体报道，开豪车的司机如何骄矜，气势凌人。那个一声不吭的大奔司机确实令我佩服。

去4S店修车，至少一个星期。

麻雀为邻

# 不常体验的瞬间

　　大多数人按惯性生活。离开固定的居所，走向相对固定的空间。踩着点离开，踩着点归来，形若钟表定时。

　　天还是天，地还是地。城市一如既往喧嚣，路人一如既往陌生。

　　今天如昨天，明天似今天。日日，月月，年年。春春，夏夏，秋秋，冬冬。无大喜，亦无大悲。无可，却又无不可。虽琐屑，但仍有滋味。

　　路过的人，经过的事，如若已彻底忘记，相当于都不曾发生。所有不曾被记住的故事，甚至没有被质疑的必要。若郁结，间或幸福微漾，抑或心悸依稀，方可注解物是人非。

读书，思考，作文，愈深愈惑。被太多的"不可知"羁绊，虚无感丛生。直面现实，疑惑历史，时常沦为一个没有任何历史感和未来感的人。完全被一个个轮回的今天——一个个貌似没有任何改变的今天所麻痹。

变化于无形，常常被忽视。油然而生错觉：一切如常，甚至可以永恒。只有，在那些不常的瞬间——突然被甩出常规生活轨道，才发觉存在的偶然、孤独和剧变。

某凌晨一点，驱车去首都国际机场接远行归来的朋友。

多少年了，不曾在这个时间段出门。偌大的城市异常安静，很难相信数小时前它曾车水马龙市声蒸腾。高速路上车辆稀落，偶尔一辆车狂飙而过，轰隆的马达声旋即被空旷的夜色吞没。不爱开快车的我，不知不觉竟然把车速提到了超速的临界点。欲即停即走，临近机场，我打开双闪在应急车道上泊车。朋友的手机仍处于关闭状态，我别无选择耐心等待。

静止下来后，才发觉什么是快速。每一辆驶过身旁的车，如同弹射进深幽的夜色里。突然意识到，刚才我亦如此弹射过？

路灯辉煌，除了车和车速，唯有无边的夜色。有路灯和疾驰的车辆为伴，我并不恐惧。

事实上，路灯和车辆与我并无实质连接。我是过客，它们都是过客。这些与我没有任何关联的过客，竟然为我带来了安全感！

朋友在空中，是想象中的一个游弋的黑点。所有关爱我的人应在沉睡中，浑然不知我的孑孓。意识到自己在自欺，我快速钻进车里，锁了车门，顾影自怜。

那无疑是一个宏大的隐喻：每个人时常如这般被抛弃于荒郊野岭，形影相吊，自欺，自怜，自安。在这趟漫长的孤旅中，邂逅弥足珍贵。可惜，我们时常不懂得珍惜。即或视若珍宝，诀别乃不变的自然法则。

不常体验的瞬间

## 麻雀为邻

某年，迫不得已，我独自留守北京过春节。

年夜饭是专门为至亲的人准备的。除夕，守岁，理应与家人共享。不时有邻居、朋友邀请去他们家吃年夜饭，我自然一一婉拒。早早地与亲人们通了电话，以晚上鞭炮轰鸣听不清为由，不再问候。

二十岁那年的除夕我滞留西北边陲，独守一团炉火过年，写下了"大漠风风不干我的激越 / 炉火熏烤我不再流泪的成熟"诗句。

二十年轮回，相似的背景，迥异的心境。

一个人的年夜饭，自然吃得潦草。

心血来潮，十点半我走向车场。车场里空空荡荡，众多如我这般的北漂者应该是驱车返乡了。我的车孤零零停在那棵孤苦伶仃的歪脖子杨树下，与围墙外的白杨树林彼此默望。几窝喜鹊无声无息，时常闪腾于围墙内外的流浪猫们无影无踪。辉煌的焰火在高楼丛林间遍地怒放，怒放的还有密密匝匝的鞭炮声和密密匝匝的硝烟味。

那确实是年的声音年的色彩年的味道！

我漫无目的驱车。马路上空空荡荡，与四处乍放的声音、色彩和气味形成强烈的反差。我好像进入了一个硕大无比的旋转舞台，独享这毫不吝啬的鲜花和掌声。

这座时常木讷的城市突然摇身一变，顾盼生辉。所到之处，满目华贵、雍容。仿佛我就是传说中至高无上孤绝的王，我贪婪地拥抱属于王的荣光。久违的激越瞬间迸溅，情不自禁随飞驰的车轮惊呼……

所有必须面对的不过是应该面对的本分，不要奢望能快速翻过流年，更不可奢求长久挽留住华年。而我，在那流年的缝隙里竟然邂逅了一丝意外的狂喜！

2012年，跌落在蓬蒿离离的记忆中。末日的谣言破碎了，

破碎的还有我的沉郁和悲辛。不常的体验还有很多很多，所有的无言与难言，皆凝结成一个硕大的记忆痕。永别的亲人们，你们好好安息。活着的亲朋，还有邂逅的陌生的你们，我一如既往祝福你们。

  2013年来了，我依然故我。激越还在，期待还在，守望还在……

## 老大爷，您找到传说中的厕所了吗？

  乘巴士赶往元朗地铁站，一路上的风景我已熟视无睹。一如既往，塞上耳机，缩在高高的椅背后打盹儿。
  和大多数人一样，在公共场合我常常安静得近乎冷漠。不会留意身边的过客，自然也不会留意过客对我的关注。既因他人的戒备，亦出于对自己的保护。虽形单影只，但鲜有勇气和陌生人说话。常常只好自虐般享受孤独，为自己裹上"目无下尘"的伪装。
  因为是周六上午，车厢里满满当当。耳机里，刀郎的歌声分贝甚高，仍无法遮盖我身边粗重的喘息声。我下意识睁开眼，不经意用余光扫了一下我身边的那个人——一个白发苍苍的老者。

约莫到了蓝地村，感觉到有人拍了拍我的肩。蓦地睁开眼，身边的老人冲我和善地微笑，咕哝着含混不清的粤语。我快速摘掉耳机，冲他微笑，点头。

　　"你去元朗总站吗？"他问。连猜带蒙，我听懂了他的粤语。

　　"是的，我坐西铁去红磡，再转东铁到九龙塘。"我只能说普通话，尽量说得很慢，还是吃不准他是否能明白。

　　他好像是去美孚。他的身边，放着一个大大的行李车，里面装满了大米、蔬菜什么的。

　　时常发现有这样一群香港老人，拎着大包小包农副产品在深圳湾口岸过关，因为深圳的物价较之于香港便宜。显而易见，他们的日子过得并不滋润。

　　老人不停地和我絮叨，看上去很兴奋。想必他一大早从香港赶往深圳，满载而归，一路上没说一句话，太憋闷了，太想找人聊聊天。虽然我只能听懂一点点儿，还是假装全听懂了，不停地点头，并尽量流露出乐意倾听的样子。

　　可能意识到我并没有领会他说了些什么，他一脸茫然，但还在不停地小声说着，并指了指他的裤裆。动作确实不太雅观，太出乎我的意料。不过，我马上意识到他可能遇到什么麻烦了。

　　终于听明白了，他说："年轻真好啊。我呀，现在没出息了，憋不住尿……我只好提前下车了。"

　　常听说老年男性大多有尿频尿急尿不尽的麻烦。即或是年轻人，尿急的滋味谁没有体验过？我的老家流传一句俗谚：饿急了有得吃，内急了有得放，这就叫安逸（舒服）。我赶紧起身，帮他按了下车的提示铃。

　　他颤巍巍站起来，肥胖、浮肿，至少有七十多岁。他吃力地拖动推车，我赶紧搀扶他下车，帮他搬行李。真的很沉，该有五十斤吧？力气不够大的我，颇费了点儿周折，才将其搬下了车。

　　车很快就启动了。我下意识瞥了瞥站台上的老人，隐约感

老大爷，您找到传说中的厕所了吗？

觉他在左顾右盼。站台两边都是车道，小火车从中间穿过。内急、体衰的他，如何能拖动行李车寻找那不知躲藏在何处的厕所？突然有点后悔，我应该下车，帮他看着行李，或帮他拖行李，陪他去寻找那传说中的厕所啊。

　　车开得飞快，我的心越揪越紧。

　　这是发生在一周前的事了，我至今还念念不忘。老大爷，那天，您找到了传说中的厕所了吗？

　　我几乎天天走那条路，从来没有发现过哪里有明显的公厕标记。我敢断言：您是很难在最短的时间内找到解决内急的处所的。那就索性当街便溺吧，虽然会令路人侧目，但总比尿了裤子、拖着沉重的行李车，在地铁里让身边的人纷纷躲避好受些吧？从元朗到美孚，少说要挨二十分钟，您将经受多少白眼啊？当街便溺，三分钟，该可以了。

　　呼吁：公交车上应设便利厕所。尤其是大城市，塞车是家常便饭，在车里耗一个小时以上太正常了。这段时间，对于不少老人和小孩来说何等难熬？且不说还有个别患了腹泻等疾病还不得不外出的乘客。

　　不知道是否有人发出过相似的呼吁？该向哪一个部门呼吁？还望能阅读到这篇文章的朋友一同呼吁。为了当下的老人和孩子，也为了变成了老人的多年后的我们自己。

## 元朗，偶遇一个潇洒老头

我坐在开往元朗的巴士里，转车去尖沙嘴上课。又逢太阳直射赤道，北国犹躲在暖气里越冬，香港街头已热浪腾腾。

MP4里汤潮和刀郎的歌声交替将我周围的粤语屏蔽。当你无法听懂别人说什么时，任何声音不过是难忍的噪音。看街景，便是别无选择的消磨方式。

我更愿意坐巴士，虽然它不如地铁快捷。地铁凝固的风景，比枯燥还枯燥，比乏味还乏味。

"到元朗还要多久？"身边不知何时坐了一个老头，操一口浓重的四川普通话。

"终点站下就可以了，大约二十分钟。你是四川人吧？"

## 麻雀为邻

我很吃惊,迅速摘了耳机。往返两个月了,天天走这条线,从没和谁说过一句话。居然还有人向我问路,偏偏我还知道,有点儿成就感。

"是的。我是四川德阳的。"陌生人微笑着,是我最为熟悉的川中父老乡亲的容颜,质朴、亲切,多少还有些灵气。我无法描述,只能感受。几乎只需一眼,我就大致可以确定这种面孔的产地。山川造化人,确乃不争的事实。

"我们是老乡!你过来游玩啊?"我随口闲聊。

"没得啥子事,出来看看。我在深圳待了二十多年了,周末就来香港看看。"他的笑容灿烂,如街道两旁的杜鹃(元朗马路边的杜鹃花开得那个绝啊)。他的乡音蓦然把我拽回少年时光。

"你好厉害啊!不怕把自己弄丢了?"我有点儿担心他。显然,他和我一样不懂粤语。而且,他的川普估计没几个香港人能听懂。

"没得啥子得!不明白就问啰!"他说得很轻松,还很自信。

"在终点站下了车,地铁就在旁边。可以乘地铁到罗湖,或者乘巴士按原路返回。下车时需要再付三元五角,是分段计价的。"我叮嘱,有点儿啰唆,好像从来没对陌生人如此热情过。

有一天深夜讲完课,我乘西铁到元朗,没赶上最后一班开往深圳湾口岸的巴士。街头人影稀薄,问了几个匆匆过客,都摇头,似不懂我的普通话。"漏船偏逢连阴雨",我的香港和内地手机都没电了。那是我在香港第一次感觉有点儿绝望。现在,我隐隐为他担心,甚至还有点儿揪心,只因他和我父亲差不多年纪。

"我上车就给了十二元。"他说。

我知道他的小麻烦来了。

"下车还得付费的。"我再次提醒。

"我不晓得哟。"他好像并不着急。

"刷卡啦!"连猜带蒙,加上惯性,我"听懂"了司机的提醒。

元朗,偶遇一个潇洒老头

他开始不慌不忙解释，一口浓重的川普。

司机显然蒙了。后面的乘客排起了长龙，有人抱怨。

"他说刚上车时就付了全程的钱，他不知道是分段付钱的。"我赶紧帮他解释。我不能确定司机能听懂我的普通话，赶紧用英语解释了一遍。还好，司机看了我两眼，似乎相信我说的是真的，为他放行了。

我如释重负，尽管此事与我并没有直接关系。

我走向地铁。他和我告别，还是一脸灿烂的笑，还是一身无牵无碍的轻松。

突然意识到，这个陌生的老头活得很潇洒。

麻雀为邻

# 一个人玩麻将

　　富庶的长江三角洲，即或乡村，遍地私家小洋楼林立。小洋楼摩肩接踵，浩浩荡荡横贯村街，与周围其他村落勾连。远远望去，仿佛一个中等规模的城镇。纵览村街，就数老伯家的房屋低矮，是那种传统的江南民居。虽打理得还算干净，却掩不住一丝寒酸。
　　一眼便知，老伯上了年纪。但并不衰老，手脚灵便。中等身材，戴旧式深黑色鸭舌帽，穿深黑中长款羽绒服。脸膛宽阔、硬朗、白皙，目光炯然。表情淡定，举止从容。与村街上那些匆忙、黧黑的农人形成强烈反差。仿佛外乡人，但操一口地道的本地方言。
　　一大早，老伯的收音机就响起，听不清他究竟在听什么。煦暖的阳光照进堂屋，他端坐在八仙桌前玩麻将。一个人，一丝

不苟。村街上时不时响过的电瓶车、汽车，不会令他抬头侧目。

一个看上去比老伯年轻很多的妇人，洗洗刷刷，忙进忙出。他们一起吃饭，很少交流。似夫妻，却不怎么般配。

妇人是老伯的专职保姆。

院子里养了几只母鸡，都用布头拴上小石块缚住了一只脚。几棵叫不出名字的树，没精打采呆立在院前。

这是寒意萧飒的冬日，村民们大多钻进自家的暖棚里清理新挖的荠菜，等待菜贩子收购。虽辛苦，但收入颇丰。老伯家没有暖棚，也没有菜地。这一切仿佛都与他无关，他似乎熟视无睹充耳不闻。早早用过午餐，穿戴得干干净净，骑上崭新、精巧的电瓶车，微笑着去不远处镇街的茶房里打麻将。天天如此，风雨无阻。

下午四五点，老伯骑着电瓶车归来。脸上依旧挂着不变的笑意，看不出赌运的好坏。

薄暮，堂屋洞开，老伯端坐在八仙桌前，继续玩麻将。如清晨，依旧一个人，依旧一丝不苟。久坐，内急，孩童般跑出小院，冲着院前的菜地痛痛快快地撒尿，旁若无人。他的生活里，除了麻将，似无他物。

夜色笼罩了长江中下游平原，村街上灯火依稀。老伯的小屋门扉紧闭，昏黄的灯光漏出缝隙，收音机或电视声响隐隐。屋里，似只有他一人。

老伯生长在这里。曾在镇上做干部多年，退休后回到村里。他的结发妻子早亡，第二任妻子几年前也过世了。儿女们在北京、上海等大城市工作，自然没有在此修建私家小洋楼的必要。前些年他辗转于儿女们家中，儿女们都孝顺。但他还是愿意回到自己的居所。他有丰厚的退休金，不需要谁养活。远嫁的女儿退休了，时常回来陪他吃顿饭。

老伯八十有二了。祝愿他一如既往，把一个人的麻将玩得有滋有味……

麻雀为邻

# 衰 老

　　有一段时间，我疑惑不解，一个人为什么会衰老得像一棵苍苍的松树？看看自己那饱满的容颜，怎么也不会相信明天的明天我也会老。

　　我进大学的时候是二十岁，按理说这个年龄是不应该出老相的。挤在由重庆开往北京的火车上，邻座是一位带着孩子的中年男人，我们的话题自然而然就落在孩子身上。"你的孩子多大了？"他问。我的心倏地一沉，很快调整好自己，随口而出："五岁了。"自此，我开始注意了自己面容的改变。

　　诞生是偶然中的一种巧合，死亡却是必然的，由诞生到死亡的这一过程则是衰老。一个人从他出生的那天起，就一步步走

向墓地。不同的是，有的人走得快，有的人走得慢；有的人走得顺畅，有的人走得磕磕绊绊。这一规律我在涉世之初就已弄清，但在灵魂深处却接受不了。有那么一阵儿，终日忧心忡忡，备觉人生没有意义，曾一度有过轻生的念头。那时，我害怕谈论衰老和死亡，害怕看见与衰老和死亡相关的字符，甚至害怕看见老人，一见他们，似乎有衰老和死亡的气息扑面而来。

　　进入大学之后，起初我钻进书海中企求找寻到一种善待衰老和死亡的心态，找寻的结果只是让自己更加茫然和惶惑。我明白了，庶民的生死观远比哲人实在。文化程度愈高的人，愈把衰老和死亡搞得紧张恐怖和复杂。以后，繁重的学习任务，打工，恋爱，占据了所有的余暇，没有时间纠缠衰老和死亡那虚幻的东西。心存侥幸，它离自己还很遥远，暂时不必理会。世俗社会中的种种急需去满足的欲望，把自己从那个黑洞中解脱了出来。那一根对衰老和死亡原本敏锐的神经随着淙淙流淌的岁月委顿得近乎麻木了。

　　做噩梦成了我多年的痼疾。常常在夜半被惊醒，一身冷汗。梦的色彩是玄黑可怖的；梦的主题是：我死了；我最牵挂的亲人朋友死了。梦中，对他人的死亡尚可以嚎哭，每当确知自己的死亡时，那种凄惶的处境是不可以描摹的。奇怪的是，梦境中的恐惧往往比现实中的恐惧更为恐惧，现实中一切不能承受的终将承受，一旦到了梦里，就不是那么回事了。比如，即便是决定一生命运的一次大考的失败也不过如此。而到了梦里，往往是面对试卷，要么看不清字，要么是一个字也写不出，又清醒地意识到时间就快要过去了，那个急呀，我想，在现实中是绝对不可能体验到的。我一直在思索造成这种反差的原因，或许人在睡眠状态下各方面的机能处于虚弱状态，因而在心理上就更加脆弱，加上在幻觉中夸大了对困难的恐惧情绪。

　　如果说恐惧是生物在进化过程中沉淀下来的一种本能反应，

麻雀为邻

那么人的衰老和死亡意识则是超越于本能的一种高级的潜意识。它隐伏在灵魂深处，时不时摇曳在意念的荧光屏上，使你在飞黄腾达的时候心有余悸，使你在热热闹闹中蓦然感觉到一种凉意袭上心头，使你在落寞失意的时候想到衰老和死亡这一殊途同归的终局，从而找到一种妥帖心魂的心理平衡。这些年我一直在他乡奔走，身边不断有我熟悉与不熟悉的人的死亡，茶余饭后，我也把他们的死亡作为谈资，很是冷漠。在这个拥挤的大都市里，多一个人不算多，少一个人不算少，因此，个人的生与死是微不足道的。渐渐地学会了体恤自己，同时也怜惜他人，因为邂逅是不可多求的偶然，未知的岁月里，各自在哪里化为了灰烬，都是不可过多关爱的了。

一直想好好地爱一个人，营造一个宁馨的家，和她生一个孩子。上苍安排我们在青春年少时邂逅，然后在彼此守望中渐渐老去。因为爱自己而要去爱一个人，这一次我是认真的，所以迟迟不敢轻易承诺什么。什么时候激情已经消失得无影无踪了？心态的日渐老化与憧憬中的幻影构成了行为中的悖论和延宕，只好在孤寂中吞咽无奈和尴尬。不眠的夜空中，心爱的人，我们躺在岁月的长河里日益衰老，不管怎么说我们都得承受这无法承受的生命之重！

电话那头，母亲的声音苍老而嘶哑，挂了电话，整个上午神志恍惚。那个苍老的声音是我命中注定的牵挂。关山阻隔，滚滚红尘不容许我长久守护母亲的那份苍老。母亲说，二爷无疾而终，劝慰我"红白喜事都是喜事"。那一刻，心沉甸甸的，我与二爷实无多少交情，但他作为我们家族中的最后一个爷爷辈的人物，二爷死后，我竟然有了兔死狐悲的感觉。他们那一代人都作了古，下一茬该轮到谁了呢？等到轮到我的时候，我还会不会像今天这样暗自伤怀？

每次回到乡下，山坳里总会出现几座新坟。突然发现我所

衰 老

熟悉的那些老爷爷老婆婆都不在了，而记忆中的那些健壮的叔叔婶婶们大都显出了老态。见了我，他们都很惊讶。有人说，我过来时你妈妈还没生你呢。有的说，我回门那天你还穿着开裆裤追着向我讨糖吃。那个新媳妇和小顽童与眼前的这位老太婆和大小伙子之间真的有什么联系吗？身边围拢了几个孩童，逮一个一问，才知道是二牛家的孩子。二牛是我儿时最要好的伙伴，前几年就听说他去深圳打工给汽车撞死了。惊惧于二牛的夭亡，更惊惧于岁月已经把我们这一代人推上了为人父为人母的舞台。

父亲和母亲依旧在屋子里忙忙碌碌，手脚不似前些年灵便。夜里，守着电视机，他们不停地打瞌睡，他们就这样陪伴放假在家的儿子。我一次次唤醒他们，目睹他们那昏黄深陷的眼睛，感觉到他们正在不可遏止地离我远去。我无力阻止他们的衰老，而我自己也分明感觉到一日日不似昨天。而今，我们还有幸厮守在一起，总有那么一天，我也会走不动了，回不了家，那会是一个什么样的情状呢？

偶遇来自某大学的一位学长，一身儒雅气质，很特别。得知他的年龄，我很纳闷儿，一个接近五十岁的人怎么可以活得像二十来岁？岁月这位苛刻的雕刻师怎么就放过了他？常有生理年龄与心理年龄不成比例之说，岂知在他身上，单从生理年龄来看，就着实让人费解。一个人的青春容貌大多是先天生成的，但中年之后，面貌上的魅力更多地取决于文化心理的折射。也许，心态上的达观是最好的健身操和护肤霜。不过，这种心态不易形成，正如我自己，一直在自设的死亡阴影中噤若寒蝉，而衰老依旧，死亡不可更改，一生就这么蹉跎了？

麻雀为邻

# 生命在黑夜里绽放

感谢蓉城的那位女诗人，她在她的那些充满神性的"女性"诗歌本文中，深沉而坚执地阐释、演绎和追寻着她生命的感悟方式——一种玄妙的"黑夜意识"。我不是诗人，亦不擅长思辨，因此，我可能无法真正领悟她所冥想中的黑夜的"黑"。然而，我的确被"黑夜意识"这四个汉字组合所震撼，面对这四个普普通通的字符，我突然发现我一直体验着、感觉着，却不能加以捕捉而诉诸文字的那些情绪，其实已先于我的感觉而存在，它们静静地躺在汉语里，等待着我会在一个平淡的日子里与它们不期而遇。

母亲说，我是在一个黑夜来到这个世界的。不敢断言，我

的生命中与生俱来也沉潜着一种"黑夜意识"。但是，我钟情于黑夜，我迷恋夜晚那浩渺无边的黑，已经成癖！总觉得，我与夜晚有一种近似于血缘的宿命意味。在五岁左右，我就开始在夜半莫名其妙地醒来，睁大眼睛，欣赏眼前这一片单色的神秘景象。至今如此！我舍不得这片奇特的时空，我不愿在酣睡中将生命的小舟搁浅。我相信夜与夜之间不单单是一种黑与黑的重复，彼时和此时的夜空含蕴着不一样的质感。每一个不想入睡的夜晚，我都体验到了一种完全不同的"黑夜"触感。那是面对自己的低声倾诉，那是逼近心魂的"自我"追问！我不承认我患了失眠症，我只是睡不着，确切说是我不想在深夜睡着。生命是一块沉睡在黑夜中的黑色陆地，世俗的尘埃迫使我们与它疏离。大多数人没有足够的聪颖感觉到它的存在，抑或有，许多时候我们也没有足够的耐心守候它，点燃它，让其通体发光。我们只是匆匆忙忙把属于我们的那些时间，不经意就扔进了白日的喧嚣和夜晚的"沉睡"中。我们在阳光下呼号奔走，用尽了一生的心血。殊不知，我们却忽略了我们自己的那片与生命本体相关的玄黑大陆。这的确令人十分遗憾！

就像每一粒种子所蕴藉着的基因注定了植物的存在形态一样，我们的生命存现方式从某种意义上说也是宿命的。随着年龄的增长，我愈来愈感觉到我的血液里流淌着无法抗拒的宿命因子。许多发生在自己身上的现象，令我百思不解。如果说我常常在夜半莫名醒来肇因于我体内的生物钟，可是，我却不能晓解我睡觉时不闭眼睛的缘由。我想，唯一合理的推测是：我在本质上是属于黑夜的，那是我灵魂的栖息之所，是我的精神家园。

与黑夜发生的第一次碰撞是在我十四岁那年冬天。那时，我在远离家乡的一座陌生的城市里上学。我生了重病，昏迷了三天三夜。其实，我的意念并没有断电。我感觉到我的眼前除了黑夜还是黑夜，我完全清楚我正濒临死亡的边界，我将归属于这无

生命在黑夜里绽放

麻雀为邻

边的黑暗。我一点儿也不害怕，我甚至是以享乐的姿态悠闲地躺在黑夜里。我之所以没有与眼前的黑合二为一，因为我留恋我与黑夜之间的这种距离感。七十多个小时里，我完全清楚发生在我身边的一切。可是，在医学的定义里，我的确是"不省人事"！当我想坐起来以另一种姿势穿行过黑夜时，我醒了，出乎意料地见到了光明。我的老家隶属川北嘉陵江流域，那是一个偏僻的地方。老家流传着一句俗谚：人活一口气！那一次，我算是悟出了这句话的内质。我想，是黑夜馈赠给了我这一口生命的气流。

我生命的成人仪式是在一个他乡的夜晚完成的。

十八岁那年秋天，因为各种各样的原因我被迫辍学，离剑阁，西出阳关，远走他乡。那时，我还没有学会随遇而安，完全活在自我夸张的主观情绪之中。我固执地认为，我是这个世界上最不幸的人！除夕夜，我客居于西北边陲的一间黄土屋里。外面，北

风呼啸。我守着一团炉火，热情的火焰烤得我奄奄一息。我无法关爱我牵挂的亲人和朋友，我也无法得到他们的关爱。我觉得我已经被这个世界抛弃，万念俱灰，打算在孤寂中了结我十八岁的生命。就在我站起身准备打开炉盖的那一瞬间，我仿佛听到了一种声音———一种慰灵安魂的天籁；我仿佛尝到了一种令人心清气爽的气味；我仿佛看见了许多迷人的色彩。我突然意识到，我存在于这样的氛围中是一种遗世独立的风景，那是最孤绝的诗句，那是最空灵的画面。我被黑夜和黑夜中的我所迷醉。我想，我十八岁时能够感受到一种夜的极致的境界，那是上苍的厚爱！我所有的现实中的困顿和磨难都是为了与这样的一个夜晚的邂逅作铺垫，心中蓦地升腾起一种感激之情，我兴奋不已，泪流满面。也就是在那一个夜晚之后，我找到了善待自我，善待他人，善待生命的一种最适合于我的心态和心境。

　　孤独是生命的本质，尽管人具有群居的天性。在一个纷繁的集体中，个体实际上是被忽略被拒斥的。因此，在那样一种氛围中，个人很难张扬自己独异的生命姿态。多年来，我从一所学校跨入另一所学校，我始终生活在集体之中。虽然我完全适应了集体生活，能够与我周边的人们保持着较为和谐的关系。但是，在心灵深处，我始终是拒绝这样一种生活方式的。我感到别扭，不自在，不自由。在集体生活中，个人几乎没有了私密性，失去了舒展自己和审视自己的客观环境。在遵守所有集体生活必须遵守的规则的同时，我们不可能不放弃那些对于自己来说是十分重要的生活方式。那是一种对自己心灵和灵魂的不得已的反动！我喜欢在深夜里徜徉，我的思维和情绪只有在寂穆的夜色里才能达到最活跃最敏锐的状态。我不能在深夜里完成与自己对话，对我来说恰似夫妻两地分居所忍受的那种煎熬。然而，在集体生活中，我只能把自己包裹起来，悬挂在我必须遵守的那些集体条约的栅栏之外，在心外的空间里去获取成功，以求得在世俗社会中安身

立命的契机。许多个漫漫长夜里，我听着同伴们的鼾声圆睁着双眼，只能听任许许多多的感觉在夜空里飘来荡去。我喜欢表达，我迷恋在白纸上劳作的那种快感——尤其是诠释黑夜所产生的快感。为此，我珍惜每一个独居的夜晚。我在那样的夜晚怀着丰盈的冲动与自己约会。笔，纸，以及环绕在我身边的一切皆充满了激情。如果可能的话，我愿意把白天和黑夜颠倒过来——白天是我的黑夜，黑夜是我的白天。

或许，这是我这一生中作为学生所拥有的最后一个暑假了。我破例没有出去打工，我想体味一个没有任何世俗奔忙的假期的滋味。我想，这应该是我多年来唯一从容而真实的一个无比幸福的暑期。整栋研究生楼空空荡荡，宿舍里也十分寂寞。没有了争吵嬉闹，没有了无聊时的调侃，没有了与另一个心灵的碰撞，我活在纯粹的自己的世界里。在这盏孤灯下，或独坐，苦思冥想；或静立于窗前，看那些吊兰充满情欲的花蕾；或者铺开纸，把囚禁多时的那些与夜相关的湿漉漉的情绪谱写进我所溺爱的文本中；或者关了台灯，像打坐的僧侣，思绪呈现出原始的荒芜和空白……我孤独一人——这是我迷恋的一种存在状态，我表达着，我倾诉着，我交流着，与自己，与黑夜，与我存身的这个世界。这时的我是最真实最纯粹的我，我剥离掉了一切伪饰的面具，把一个赤裸的自我供奉给了我所顶礼膜拜的黑夜。我知道，我所需要的外部空间其实很狭窄，我可以把我的一生交付给一间斗室，只要我完全能够心平气和，只要我感觉到很充实，我可以足不出户。身外的那个世界不管多么广阔丰饶，终归是有限度的，真正能使人感到富足的是心中的那片未开垦的荒原。务实，是一种积极的生活方式，而务虚也是一种不可或缺的生活选择。

世界在黑夜里梦呓，又一个不想入睡的夜晚之后，我偾张的生命的河流低吟着迎接一个崭新的黎明……

这是我命中注定的别无选择的选择！

## 雾岚氤氲

窗外，雾岚，氤氲。高楼丛林似瞬间消失，随之消失的还有各种各样的噪音。季节、时间、地域已模糊，天空和大地就这样水乳交融。栖息于我家书房空调洞孔里的麻雀一家，突然销声匿迹。不远处白杨林上空不再有大块头喜鹊时常起落的隐约身影。那些时常游荡在楼下空地上的流浪猫狗，也不知躲到哪去了。

阴天、雾天，神秘、缱绻，据说还很性感。混沌初开，或许就是此种情状？多少年又多少年，比绵长还绵长，比永恒还永恒，云幕终于拉开，雾帘终于散尽，阳光普照，万物滋长……这应该不仅仅是传说！

三天了，雾岚愈加浓重。

麻雀为邻

来这阳光过剩之地近二十年，才得以与我遥远南国记忆中冬晨的雾岚邂逅。二十年一遇，不得不说是一个不大不小的传奇。

四十载华年消磨，不管沉郁还是悲辛，我都努力面朝阳光，生机勃勃进行光合作用。但从不拒绝阴雨、寒冽和荒芜。站在北方透亮的阳光下，我时常感到其灿烂、辉煌得虚伪、不真实，与人生冷色调的底色完全不搭调。

难得的暴雨滂沱，难得的阴雨绵绵，每一个毛孔似已次第张开，麻木的情绪似汛期倏至的山溪，叮叮咚咚把沉睡的灵魂唤醒。

我不再是那个木讷、萎靡、枯败的中年男人，我终于可以将毫无意义的忙碌、抑郁撇开，心安理得坐下来、躺下来，一任心潮澎湃，或者浮想联翩，抑或"聊发少年狂"。

唯有此时，我纯粹属于自己——一个真实、透明、简单的自己！惊觉，一路蹉跎，竟与自己貌合神离这么多年了！

迷失于大巴山深处的童年，摸爬于川北红丘陵坡坡坎坎间困顿的少年，恍惚于北中国大都市里眉头紧锁的青年，而如今无可又无不可的中年……一向我扑来、撞来。

曾经淋漓的泪水，曾经葱郁的梦想，曾经百折不挠的拼搏，曾经深挚的友情，曾经无疾而终的悲情爱情，曾经的苟且偷生忍辱负重，曾经偶露峥嵘的幸运……所有的曾经在这一刻都不再是曾经，都是我当下能够找到的存在的确证。

一切都已过去，所谓前尘种种，万事已成云烟，一如此刻窗外愈加浓重的雾岚。唏嘘，或是故作的洒脱，都无法改变那个已成永恒的"过去时"。

北风异常凄厉的午夜，偶尔不眠，我会伫立在暖气片前，看窗外那片精赤的白杨林。如若皓月当空，那是谁随意扔下的一幅绝妙的素描？每一棵落下了最后一片叶子的树，素面朝天，都天生丽质，都昭示了生命存在的本真。绿叶纷披和硕果累累，都

214　雾岚氤氲

不过是锦上添花或昙花一现。一如这感觉已近黄昏的午后，我面对窗外的雾岚所感受到的生命存在的本相——迷离、混沌，若隐若现，欲罢不能。更还有，肯定还有，那始终是我苦思冥想之后无法表达出的"还有"！

对面高楼里已有灯火摇曳，一只麻雀飞回了空调洞孔。

黄昏将雾气衬托得更加浓重，城市在雾霭里怅惘、寂寞……

而我，在这雾岚和夜色缝合的襁褓里找到了失踪多年的自我。然，找到了注定还会丢失，丢失将成为永恒。

麻雀为邻

### 来一串糖葫芦

我研究生毕业分配进公司的时候，正赶上公司开始走下坡路。目睹一拨又一拨员工先后离开了公司，我亲历着公司的人气指数一点一点滑落到最低点。常常慨叹"生不逢时"，一心惦记着跳槽。由于与公司签了三年劳动合同，我交不起那一笔近似于天文数字的违约金，只好"身在曹营心在汉"地熬过了两年半。而今，我终于离开了原单位，跳槽进了一家瑞士公司。

现在回想起来在原单位待着其实是非常"舒服"的，也可以说很"幸福"。公司离家很近，上下班仅需十来分钟，而且有班车接送。虽说是在上班，实际上却没什么事可做，每天差不多时间都在上网或学外语，但工资收入也还过得去，够得上准白领

阶层。因为觉得没前途，和我同时进公司的两百多位同仁早就跳走了，我算是坚持到了最后的几位"元老"之一。

我离开原单位的理由很简单：一为太闲，闲得令人恐慌。每月领薪水的时候都有些汗颜，觉得无功受禄；二为多挣点儿钱，过上理想中的幸福生活。因为贷款买了房，加上装修，早已债台高筑；三为担心把自己闲散废了，将来难以适应快节奏的工作和生活。坦白说，我对原单位也没什么好抱怨的，虽然它没能像人事部经理面试时所承诺的那样，会为我们搭建一个没有天花板的舞台。不过，我还是觉得我就像一个嫁错了人的女子，因为不想苟且过日子，就只能选择离婚再嫁了。遗憾的是白白地耽误了几年大好光阴，一晃就到了而立之年，还不得不面对再度白手起家的尴尬。

上了三十岁的男人，若在事业上还没点儿根基，处境的确非常尴尬。不跳槽吧，在原单位耗着看不见前路，自己也觉得非常没趣；跳槽吧，除了要做好足够的心理准备外，上不上下不下的年龄，不深不浅的那点点儿阅历，高不成低不就的彷徨，以及养家糊口的焦虑，让人备感无奈。虽然与那些二十出头刚从学校毕业的小年轻相比，你比较成熟，而且有工作经验，但刚到一个单位就给你一个重要位置的可能性微乎其微。你不得不调整好心态，和那些小年轻一道从员工做起。即或你心理素质特好，但老脸上多少还是会有些挂不住的。倘若心态调整得不好，那种郁闷肯定会憋出毛病来。

新到一个陌生的环境，一切都得从零开始。没有人会主动为你准备好蛋糕，你只能自便。中国是人情社会，人情世故最令人头疼，搞好人际关系往往比做好工作更重要。更不用说诸如欺生、排外等诸多人性暗斑，那都属正常现象，走遍天下恐怕皆如此。要是心理承受能力不强，肯定会后悔离开了厮混得八面玲珑的原单位，也自然会怀念在原单位的那些养尊处优的日子，觉得

来一串糖葫芦 217

那时候多幸福，可惜的是以前没有意识到。不过，"好马不吃回头草"，谁还会为打翻的牛奶哭泣？

现在，我就职的这家所谓的外企，实际上是瑞士总公司香港分公司北京办事处。我有幸做了该公司在中国业务区的Promotion manager。在别人看来，我这可算是碰上了千载难逢的好机会。我也的确是怀着一腔热血，准备大刀阔斧干一番。但是，到位后我才发现这个职位并非香饽饽，实际上我坐在了一个火山口上。因为我的直接业务上级主管常驻香港，当初是香港方面看中了我，并委以重任。而北京办事处虽然受控于香港公司，却监管着我的人事关系。办事处主任是个四十多岁的女人，曾是行伍出身，说话做事都很"马列主义"。她压根儿就不想招我进来，原因是她想提拔曾经由她招进来的一位。但是，香港那边执意要我，她胳膊拧不过大腿，只好默认了。这算是什么外企？要是早知道是这么回事，我肯定不会进来的。我只是想认真做事，不想陷入人事纷争。

我到位的第一天，办事处主任就找我的不是。谁都清楚，她纯粹是在找我的茬儿。尽管我做好了各种心理准备，但还是没想到外企也像国企那样竟然有如此低素质的领导，心理落差之巨大可想而知。我性格平和，不好与人针锋相对。加上初来乍到，就像林黛玉刚进贾府那样诸事小心。考虑到她是我的顶头上司，只要我还想在她手下混饭吃，就难免抬头不见低头见，我不想和她撕破脸皮。因此，对于她蛮横的态度，甚至是粗鄙的言行，我都泰然，以"忍"为上。此外，这儿的工作气氛非常压抑，同事之间关系冷冰冰，压根儿就没有人情味。我曾主动热情地想和他们亲近，但遭到的都是漠然。我感觉到自己正置身于一间铁屋子里，面对的是坚硬冰冷的铁墙铜壁，心里憋得慌。香港那边可能也知道我的尴尬处境，多次打电话询问我。我觉得男人还是应该顾全大局，以大事为重，不应该蜚短流长。况且，"县官不如现

管",香港人接受的是西方教育,恐怕很难理解内地的人情世故。因此,我便三缄其口。但是,我心里清楚,"此处不留爷,自有留爷处",我迟早会离开这儿。在哪里不能弄碗饭吃,何必在这儿忍气吞声?不过,我还是想在这样的环境中磨炼磨炼自己的承受能力,看看自己能扛多久。因此,我现在还不打算立即负气辞职。

现在,我每天早上六点半就得起床,晚上八点之后才能到家,完全是披星戴月。办公室犹如一潭死水,我感觉到自己被悬挂在了半空中。我还是想打退堂鼓,但考虑到这是一次难得的机遇和挑战,便犹豫不决,不敢贸然放弃。留下来吧,可是每天置身于这样的氛围中,的确有如刑役之苦。因此,我整天绷着面孔,在长达三小时的上下班的路途中,反反复复地思考着去或留。甚至一想到单位就头疼,心虚气短。我觉得这样的生活实在是太压抑,完全没有一点点儿乐趣。可是,我现在急需要一份有可观收入的工作养家糊口,我暂时只能别无选择地在这儿耗着。

每天晚上我下班经过安定门地铁口,都会遇到那个抱着吉他弹唱的流浪歌手。他的歌音苍老,但悠闲、自然。他脸上的表情平静,甚至还有些自信。他倚着墙壁,脚前摆着一个硕大的包,兀自弹唱,声音不高也不低,怡然自得。要是以世俗的眼光评判,他肯定属于活得特别辛苦的那类人。我常常忍不住停下脚步,观察他,听他的歌音。他好像根本不在意我的存在,不管人多人少,有没人给钱,他都保持着同样的姿态和声调,很超然。他的歌音常常会感染匆匆下班的人们,许多人情不自禁跟着他吟唱,地铁里常常回荡着一群陌生人的合唱。我也常常情不自禁跟着他唱,疲惫的身躯和心灵常常在这样的歌音中得到了释放。我突然意识到我活得太认真太在意太拘谨,每天除了背负着外界附加的包袱之外,我并不开阔、豁达的心胸常常把自己搞得更加逼仄,甚至钻进了死胡同。我突然觉得他很幸福,能够坦然面对芸芸众生五花八门的目光,自由、愉悦地吟唱,随便挣几个钱,随便糊糊口。

只要心灵是自由的,精神状态是轻松的,活着也就能咂摸出点儿滋味来。

还有,不管我多晚到达北苑北站等 809 路空调大巴,都能看见那位卖糖葫芦的小伙子蜷缩着身子在寒风中等待。车站上常常只有零星的几个人,有时候甚至只有我和他,这让我不由得想起我上大学时读过的《等待戈多》。因为天天都能和他见面,我甚至把他当作了熟人。心情郁闷的时候,我会买一串他的糖葫芦,看见他脸上露出的那缕惬意的微笑和惊喜,我沉重的心情顿时也轻松了许多。在这座偌大的都市里,所有的人都在生活的车轮上碌碌奔走,都在以不同的方式寻找着自己理想中的幸福生活。未必都能称心如意,但并不是所有的人都像我一样每天都皱着眉头,心意沉沉地找寻着属于自己的位置。也许一个人拥有什么样的生活什么样的幸福憧憬并不重要,重要的是拥有一种达观的心境。那样,他总能在纷繁的生活中感受到难能可贵的幸福。

又是深夜,北风正紧。我裹着厚厚的羽绒衣站在北苑北车站,那个卖糖葫芦的依旧在等待。

"来一串糖葫芦!"我说。

空空的车站里只有我和他。其实,我并不想吃。我只是想看见他那发自内心的微笑,以及他眼里流露出的那份纯正的惊喜。我能让他在深夜的寒风中找到些许愉悦,我自己也感受到了一点点儿轻松。

# 夜 归

我十一二岁的时候，父亲因为忙着跑生意常常很晚才回家，母亲的焦虑和担心全都印在脸上。想着外面那黑漆漆的世界，想着在黑夜中匆匆奔忙的父亲，我的心里尽是恐惧。我坚持要陪同母亲等父亲归来，但每次都在等待中不知不觉进入了梦乡。不过，只要父亲一进家门，我肯定会从梦中醒来。听到他和母亲低声说话，方才放心地睡死过去。从此，父亲匆匆夜归的身影凝结成一种意象，烙印在我的记忆里。抑或不经意碰触到"夜归"这个字眼，心绪便会莫名悸动。

好像没来得及留意，或者说是一不小心我就长大成人。时不时我也成了行色匆匆的"夜归者"。

麻雀为邻

　　大四那年夏天，我在一家电脑公司实习。一天晚上，我加班到午夜。这是我上大学以来头一次夜不归宿，心里很不踏实。我骑着破旧的单车狂奔在静谧的学院路上，此时，整座城市仿佛已经死去，我好像正穿行在一片偌大的墓地，一种强悍的悲凉感顿时袭上心头。我不由自主扯开嗓子，声嘶力竭地吼唱起了齐秦的一首老歌：午夜的都市/就像那月下的丛林/我们在黑夜的街头/寻找一种流浪的心情……

　　以后若干年，在许多不眠的夜里，我聆听着马路上偶尔飘过的夜归者那嘶哑的吟唱，便忍不住趴在窗前张望。揣摩那是一个什么样的夜归者，为何在深夜里游荡？孤独的夜归者宛若幽灵，因为沐染了深深夜色而平添了几抹神秘色彩，总让人浮想联翩。一直有一种冲动，我想写意一幅"孤独的午夜狂奔者"，那应该是空旷夜幕下的一个匆匆远去的背影，空灵而孤绝。可惜，我没有一点儿绘画细胞！

　　我所蛰居的这座北方都市繁华而喧嚣，夜生活尤其丰富，涂抹了令人晕眩的色彩。但是，我条件反射般拒斥那缤纷的霓虹灯，很不习惯在这欲望空前赤裸、极度膨胀的夜色里消磨。然而，因为工作所需，我时不时不得不沉浸其间。每一次宴罢人散，独自走在人车稀疏的街头，飘飘然有些麻木。这时候意念里尽是我那位于城北近郊的小小蜗居，还有那个想着我念着我替我担惊受怕不能安睡的人，满心的愧疚和惶恐不安。急促的手机铃声回荡在空空的街面上惊慌失措，像鼓槌声声敲打在心头。

　　家是夜归者心中永远的圣地。窗前的那盏微弱的灯火，还有等你回家的人那焦灼的目光，是夜归者慰藉心灵的灵丹妙药。无法想象夜归者不知奔向何处的凄惶情状。夜是一片浩渺深沉的海洋，夜归者是夜间活动的浮游生物。每一位夜归者都裹挟着几多风尘，渲染出一种沉重、古典的意境。夜归者匆匆的身影里漫溢着莫测的神秘，自然令人心存戒备。

夜　归

那时候我租住在立水桥。那是一个十二月的北方凌晨，我校完稿子走出报社。外面北风呼啸，我蜷缩着身子裹着厚厚的羽绒衣，独自站在四环路上等出租车。空空的马路上车辆奇少，好不容易有车停下来，当司机们问及我的去处之后皆婉言拒载。寒冷、焦灼，还有家中那个人带着哭腔的问询，令我神色黯然。在等待了近一个小时之后，我终于失去了耐心，决定跑步回家。尽管我清楚我至少得顶着寒风奔跑十公里，但我却别无选择。大约跑了五分钟，没想到一辆红色的夏利出租车"嘎"的一声停在我面前。我获救似的拉开车门，开车的竟然是个女的。我迟疑了一下，并没有急于上车。

"怎么啦？不敢上来？"

"立水桥敢去吗？"

"走吧！这大冷天的，多冻啊！"

女司机的声音爽朗、亲切。说真的，我从没遇到过跑夜车的女人，我更没想到她竟然敢拉一个男人去郊区，那么多比我块头大得多的男人都拒绝拉我。那一瞬间，我百感交集。

"没想到吧？"她以自嘲的口吻说，语气轻松、平稳。

"嗨，你胆子够大的！好些个大老爷儿们都不敢！"

"嗨，怕什么？人是一个，命是一条。大不了就豁出去了！再说，是祸躲不过！我相信我的直觉，你不是那种歹人！"

我很感动，因为她对我的信任和救助。

我说："这么晚了你够辛苦的，不容易！"

"和你一样，不都是为了养家糊口？人呀，只要还有一口气，就得折腾……"

她的回答很实在很平淡，但掩盖不了那种碌碌奔走的沧桑味。这个四十左右的女人很明显承受着相当大的生活压力，但她却表现得很坦然很安稳。事过境迁，我还常常想到她。不知道她现在是否还奔忙在夜归途中。

麻雀为邻

不必过问也无须猜想，夜归者匆匆远去的背影里隐匿着一泓幽幽深井，那里面埋藏着平凡、琐屑而精彩的故事，写满了生活的酸甜苦辣。

我所居住的立水桥属城乡接合部，一条横贯东西的小街，偏僻而拥挤，喧闹而杂乱，肮脏而时髦，像一个不会着装的时尚女子。无论是酷夏还是隆冬，街面上都滞留着形形色色的营生者。满街面的酒楼、发屋和洗浴中心，五步之内俯仰可见。即或是在午夜，仍然有三五成群闲逛的民工，当街叫卖的小商贩，出入于酒楼、发屋和洗浴中心的老板，花枝招展左顾右盼的时髦女郎……他们杂陈其间，拼凑成了一道色彩夸张的街景。每一次夜归，匆匆走过街面，总会碰见些打扮成新新人类的妖艳女子，目光游离四处巡视。即或是在哈气成霜的时节，也能看见一些露着惨白双腿的女子，浪笑着招摇过市。那些油腔滑调的出租车司机总会意味深长地调侃我，把我当作了前来寻求刺激的顽主，令我多少有点儿不自在。

"先生，一看你就是文化人，我最佩服文化人了！"

又一次夜归，匆匆走过立水桥，迎面撞上一个娇滴滴的声音。面前站着一个染红发的女子，她那充满期待的目光放肆地在我身上游弋，我有些紧张，没搭理她，绕开她继续往前走。她并不放弃，跟着我嗲声嗲气地说："打小我就崇拜文化人，真的，我不骗你！先生，带我回家吧！很便宜的，保证安全！"

寒风扑面，她竟然露着惨白的大腿。看她一眼我就感到更加寒冷，忍不住打了个寒颤。我突然感到干什么营生都不容易，竟然动了恻隐之心。我终于忍不住问："你不冷吗？"

其实，我真没有别的意思，没想到却惹恼了她。她马上扯掉了小鸟依人的外衣，冲着我破口大骂："二百五！你有病！操……阳痿的家伙……"

她那尖厉粗野的谩骂声像狼嗥没遮没拦在街面上飘摇，紧

接着几个同样露着惨白大腿的女子闻声而出。我害怕和她们纠缠，只好落荒而逃。她们那愤怒的叫骂声一直在我身后嚣张。她们倒是理直气壮，反倒显得我卑鄙猥琐。那一刻我迷惑了，什么是人格什么是尊严什么是廉耻？一种无法言传的悲哀浸透骨髓。

事后，偶然间想起这一幕，才觉得很滑稽很搞笑。这条拥挤的小街浓缩了人世沧桑，展现了人生百态。我这个孤独的夜归者，像过客，匆匆浏览着这琳琅满目的众生万象，也观看着自己的碌碌奔走，不禁心意沉沉感叹唏嘘。

可以断言，明天，明天的明天，为了果腹或者别的什么欲望，我还会裹着疲惫，满怀温热，匆匆夜归。不知是否有人注目过我这道午夜风景？当有那么一天，我终于不用再深夜不归，或者不能夜归，那时的我肯定已经鬓发斑白去日无多。倘若我还会辗转不眠，回想起我多年前匆匆夜归的情景，该是一种什么样的心境？不知是否有人已经写意出了我所冥想中的"孤独的午夜狂奔者"？我想，那当是我最后的永远的知音！

麻雀为邻

# 在大风中远走

　　这是公元二零零一年五月中旬，北京的一个平常的午后。我在网上冲浪，进入了新浪聊天室"忘情酒吧"，和一个代码为19999021的新浪过客神聊上了。我们聊得很对胃口，19999021便改名为"千面海妖"，自称是女的，多愁善感的那种。

　　"千面海妖"崇尚"在大风中远走"那种意境，还说这是一种与生俱来的迷恋，不能自拔。多年来一直幻想着有那么一天，怀着朝拜的心情在大风中悄然远行。那一定很悲壮很诗意。

　　我被"千面海妖"描述的境界所震撼，激情勃勃噼里啪啦敲打着键盘，竭力阐释我的认同和理解。这时候电脑突然"嗡"的一声响，屏幕上旋即漆黑一片。

"停电了！"

办公室里有人喊。我怔怔地站起来，余味未尽，意念里仍旧盘旋着"千面海妖"所迷醉的"在大风中远走"。

没有电，离开电脑，这短促的午休时间竟然有点儿难熬。

"起风了！"有人慵懒地喊了一嗓子，沉闷的办公室里顿时有了些生气。

我踱步到窗前，一阵突兀而临的生猛风暴咆哮着翻卷着在林立的高楼间恣肆。这是一片浩瀚的灰蒙蒙的风的海洋，淹没了整座色彩斑驳的城市，平素那些趾高气扬的高楼宛若时隐时现的冰山在风暴中无助地涌动。我头一遭感受到风不仅仅是一种看不见只能感觉到的存在，它随物赋形，像西伯利亚大平原上翻滚的层层麦浪，抑或是冷暖洋流交汇处挣扎的波涛。

"在大风中远走！"我触景生情，好像已蓦然顿悟。

这时候我的手机突然响了，是爱人打过来的。

"你在办公室吗？你可千万别出门！刚才那阵大风把家和超市门口的脚手架刮倒了，脚手架砸倒了三根电线杆子，有一根电线杆子砸死了一个人，可能是等公共汽车的，好惨呢！当时我们的班车正好经过，太恐怖了，你可千万别出门，回家时小心点儿！"

爱人的声音听起来有点儿陌生，感觉很异样。

"砸死人了！"

挂了电话，我条件反射似的就把这条刚刚得到的消息传播了出去，办公室里立即像煮沸了一锅滚烫的水。

"真是飞来横祸！"

"死生由命，富贵在天！"

……

大家七嘴八舌，很兴奋。已经有人在迫不及待地打电话义务传播这条爆炸性新闻，声音很夸张，我竟然咂摸出了点儿幸灾

乐祸的味道。心里沉甸甸的，头脑里突然空白一片。

"在大风中远走……"我默念着。

遥望风尘中模糊的家和超市，我的耳边好像飘浮过天籁般的吟唱"在大风中远走……"我无端地认为那是"千面海妖"的歌音。突然很想见到她，像思念失散了多年的少年知己一样。一瞬间我表达的欲望空前膨胀，近乎歇斯底里。

办公室终于安静下来了，那个陌生人被砸死在大风中的消息已经刺激不了我们这些局外人的神经。大家安静地坐在工位上，等候着人事部的提前下班通知。

那个与我们毫无关系的人就这样在大风中悄然远走了？那时他可能一无所知，或许来不及躲避和惊恐不安，一任生命在风中定格。那根与他无怨无仇的水泥杆子，竟然成了掌管他生死的亡灵牌？生命是如此脆弱不堪一击。

风转化成海洋的形式为他举行了一场盛大而别开生面的葬礼，让他"在大风中远走"，只是不知道他的亡灵是否得以超度。此刻，许多与他相关或不相关的一些人，包括他至亲的人，或许正像我一样站在城市的某一个角落，悠闲地欣赏着这场突兀而来恢弘的风暴奇观。

"我的天，121说这是一阵九级风暴！"有人突然大喊了一嗓子。

"可以下班了！"

人事部的通知终于姗姗来迟，大家喜笑颜开，办公室又恢复了活力。包括我自己，竟然也感谢这场不期而至的大风，额外给了我们整一个下午的休息时间。

走出公司的大门，风已没了踪影。天高云淡，阳光明灿，一切依旧。

整班车的人都在议论那个陌生人的死讯，很热闹。所有的人同时聚焦在同一件事情上，这样的氛围的确不多见。现在，家

和超市这段路特别拥塞，搁浅了满街密密麻麻的车辆，如蚁蝼串成一条线望不到尽头。警车、歪斜的脚手架和横贯在马路上的电线杆子，是大风肇事的证据。那根折断的电线杆子上还沾有斑斑血污。那个陌生人的确在那阵风暴中走了，今夜及从此，他再不会回家。不知道他的灵魂是否还会游荡在这座城市的周遭。

　　车一直塞着，令人心烦意乱，满地轰鸣着喧嚣、刺耳的喇叭声。活着的人大多与那个亡人没关系，没有谁愿意为了他而心安理得地滞留在回家的路上。倘若他的灵魂还没走远，能听见这些噪声，该会满怀歉意，或者更加心寒？

　　道路渐渐畅通，车水马龙依旧。人潮人海中，失去了谁似乎都无关紧要。生命甚至不如草芥，无须质疑，也不必慨叹。每个人的生命的休止都是必然要举行的一种仪式，那一天迟早要来临，这是一个亘古不变的常数。能在大风中悄然远去，灵魂随气流飘散，回归虚无，或许是冥冥中修得的缘分。

　　而今，家和超市门前的电线杆子依旧兀自呆立，为修建奥运村又搭起了新的脚手架。849路、358路等公共汽车依旧在这儿停留，等车的人依旧密密麻麻。他们和不久前消失在大风中的那个人一样，都很陌生。

　　现在是公元二零零一年五月二十三日晚上，异常闷热。我蛰居于北京城北的蜗居，我的思绪随窗外此起彼伏的马达声起起落落。盯着液晶显示屏幕，我随意敲打出了这些文字，心中茫然。

麻雀为邻

# 一只喜鹊飞进了25层楼的某窗台（后记）

　　选编完了自己的几部散文集，接着写"后记"。是惯例，但不愿敷衍。这些孕育成书的文字记载了我四十余年的情感、思想点滴，即将出版的这两部书自然就是我珍爱的"自己"。想说的好像已在书中说尽，这个"后记"似乎只能硬着头皮"写"完。始终不愿向自己妥协，连日来一有空闲就琢磨，还是找不到任何感觉。只能责备自己愚钝，焦虑和沮丧摇摇晃晃。

　　下午飞往云南，有出门焦虑症的我一大早就起了床，行李早已收拾妥当，无心做别的，这个上午自然就成了"空档"。儿子睡着了，屋子里立即恢复了独居的沉静。我安坐在窗前，阳光终于挣破了雾霾的天罗地网露出了虚弱的笑意。偌大的小区声影稀

稀落落，这北方的冬天仍旧留存有几抹暖色，绿意和秋色仍旧残留在高高低低的树冠间。一只大块头的喜鹊从窗前飞过，越飞越高，最后停留在对楼顶层的一个窗台上。那是一个二十五层高的楼房。

看上去笨笨的喜鹊居然可以飞得那么高？那是谁家的窗台？喜鹊竟然不生分，不邀自来。我恍然大悟：在深邃、湛蓝的文学天宇里，我就像那只笨笨的喜鹊，一不小心飞进了缪斯的殿堂，栖息在窗台上忐忑不安地张望华灯闪烁的室内。

还得提起九岁那年夏天的某个下午我在路边捡到的那本《散文》杂志，让我知道世界上还有一个叫"散文"的东西，满脑满心的"美好"。从此，我就与文学情定终身。西去北往，江南北疆，青葱不惑，是沉或浮，初心不改。从高一时发表第一篇散文《包庇》，三十年不知不觉擦肩而过。华年将尽，近两百篇散文可以依稀拼贴出半生芜杂。沿着年轮回溯，中年至少年，时光缓缓倒流，我在文字里穿越、变身。往事，历历，离离，遮蔽了悲——欢——离——合，还有青涩、激越、沉稳、漠然。敝帚自珍，挑挑拣拣，忍痛割爱，编选出两部集子——《麻雀为邻》和《背包为家》。

这两部散文集勾勒了我由"青葱"至"不惑"的生命成长体验轨迹。是终结，却非诀别。散文，是我文学梦的起点。不必追问终点在哪里，因始终有这葱郁的梦想相随，我的人生始终温润、晶亮！

甘君来了，桂宝来了，桂宝的二姑也来了，我空荡荡的个人空间喧嚣、拥挤。然而，这个雾霾囚禁的冬天不再阴郁。披星戴月，天南海北，匆匆又匆匆，我始终温热盈心。感恩，我所拥有的一切。感恩，所有与我有关的关心、关爱和关注。

感谢郭玉洁主任和李云伟编辑对拙作的喜爱和辛劳编辑。

一只喜鹊飞进了25层楼的某窗台（后记）